Die Bibliothek von Babel

Idee und Design
von
Franco Maria Ricci

<u>Das große Steingesicht</u>
von
Nathaniel Hawthorne

Mit einem Vorwort von
Jorge Luis Borges

CIP-Kurztitelaufnahme der Deutschen Bibliothek

Die Bibliothek von Babel: e. Sammlung phantast. Literatur /
hrsg. von Jorge Luis Borges –
Stuttgart: Edition Weitbrecht
NE: Borges, Jorge Luis [Hrsg.]
Bd. 9. → Hawthorne, Nathaniel: Das große Steingesicht

Hawthorne, Nathaniel:
Das große Steingesicht / Nathaniel Hawthorne
[Dt. Übers. von Hannelore Neves, Siegfried Schmitz und Alice Sieben]
Stuttgart: Edition Weitbrecht, 1983
(Die Bibliothek von Babel; Band 9)
Einheitssacht.: The Great Stoneface ⟨dt.⟩
ISBN 3 522 71090 8

Vorwort von Jorge Luis Borges
© Franco Maria Ricci Editore, Mailand
Deutsche Übersetzung von Maria Bamberg
© 1983 Edition Weitbrecht in K. Thienemanns Verlag

Originaltitel der Erzählungen:
Wakefield
Earth's Holocaust
Mr. Higginbotham's Catastrophe
The Minister's Black Veil
Aus dem Amerikanischen von
Hannelore Neves und Siegfried Schmitz
© Winkler Verlag, München
The Great Stoneface
Aus dem Amerikanischen von Alice Sieben
© Aegis Verlag, Ulm
Abdruck mit freundlicher Genehmigung des Winkler Verlages,
München, und des Aegis Verlages, Ulm

Design von Franco Maria Ricci und Marcella Boneschi, Mailand
Den Text setzte die Alfred Utesch GmbH, Hamburg,
in der Bodoni 12 Punkt.
Reproduziert von Reisacher Repro, Stuttgart.
Gedruckt von Gutmann, Heilbronn.
Gebunden von Wilhelm Röck, Weinsberg.

Originalverlag und © Franco Maria Ricci Editore, Mailand

Vorwort

Nathaniel Hawthorne wurde 1804 in der Hafenstadt Salem geboren, die schon damals mit zwei für Amerika ungewöhnlichen Eigenschaften behaftet war: Sie war sehr alt, und es ging mit ihr abwärts. In dieser alten und heruntergekommenen Stadt mit dem ehrenwerten biblischen Namen lebte Hawthorne bis 1836; er liebte sie mit der wehmütigen Zuneigung, die uns Leute einflößen, die uns nicht lieben, Fehlschläge, Krankheiten, Süchte; im Grunde ist es nicht gelogen, wenn man behauptet, daß er nie aus ihr weggegangen ist. Fünfzig Jahre später, in London oder in Rom, lebte er immer noch in seinem Puritanerdorf Salem – wenn er z. B. mitten im 19. Jahrhundert den Bildhauern vorwirft, nackte Statuen zu schaffen...
Sein Vater, Kapitän Nathaniel Hawthorne, starb 1808 am Gelben Fieber in Westindien, in Surinam; einer seiner Vorfahren, John Hawthorne, war 1692,

Richter in den Hexenprozessen, bei denen neunzehn Frauen zum Galgen verurteilt wurden, unter ihnen die Sklavin Tituba. In diesen seltsamen Prozessen – heutzutage hat der Fanatismus andere Formen angenommen – verfuhr John Hawthorne mit Strenge und ohne Zweifel mit Überzeugung. «Er tat sich derartig bei dem Martyrium der Hexen hervor», schrieb Nathaniel Hawthorne, «daß man glauben darf, das Blut jener Unglücklichen habe einen Flecken auf ihm hinterlassen. Einen so tiefgehenden Flecken, daß er auf seinen alten Knochen auf dem Friedhof von Charter Street kleben geblieben sein muß, falls sie bis jetzt nicht zu Staub zerfallen sind.» Als der Kapitän Hawthorne starb, schloß sich seine Witwe in ihr Schlafzimmer ein; ein Gleiches taten seine Kinder Louisa, Elizabeth und Nathaniel. Sie aßen nicht einmal zusammen und sprachen kaum miteinander; man stellte ihnen das Essen auf einem Tablett vor die Tür ihrer Zimmer. Nathaniel verbrachte die Tage mit der Niederschrift von Wakefield *oder* The Minister's Black Veil *(Des Pfarrers schwarzer Schleier); nur zur Stunde der Abenddämmerung ging er spazieren. Diese zurückgezogene Lebensweise dauerte zwölf Jahre. 1837 schrieb er an Longfellow: «Ich habe mich abgekapselt, ohne die mindeste Absicht, es zu tun, ohne den geringsten Argwohn, daß mir das geschehen könnte. Ich bin zu einem Gefangenen geworden, habe mich in einen Kerker eingeschlossen, und jetzt kann ich den Schlüssel nicht mehr finden; und auch, wenn die Tür offen stünde, würde ich mich fast fürchten, hinauszugehen.» Haw-*

thorne war groß, stattlich, schlank, brünett. Er hatte den wiegenden Gang des Seemanns.

Zu jener Zeit gab es, zweifellos zum Glück für die Kinder, keine Kinderbücher; Hawthorne hatte mit sechs Jahren Bunyans Pilgrim's Progress *gelesen; das erste mit eigenem Geld gekaufte Buch war Spensers* The Faerie Queene*: zwei Allegorien. Außerdem las er die Bibel, obwohl seine Biographen davon nichts erwähnen; vielleicht war es dieselbe, die der erste Hawthorne, William aus Wilton, zusammen mit einem Schwert 1630 aus England mitbrachte. Edgar Allan Poe tadelte Hawthorne für das Schreiben von Allegorien, eine Gattung, die er für unverantwortbar hielt. Dasselbe meinte Croce, der der Allegorie vorwarf, ein langweiliger Pleonasmus zu sein... Hawthorne heiratete 1842; bis dahin hatte er nur in einer Traumwelt gelebt. Er arbeitete auf dem Zollamt in Boston, war amerikanischer Konsul in Liverpool, hatte das Glück, in Florenz und Rom zu wohnen, aber seine Wirklichkeit war immer nur die zarte Dämmerwelt der puritanischen Phantasie.*

Jedem heutigen Leser wird sich bei der ersten Erzählung unserer Sammlung das Bild Kafkas aufdrängen. Der Mechanismus des nie endenden Hinhaltens ist der gleiche, aber unbeschadet der Qual und der Spannung verweist Hawthorne von Anfang an auf den Ausgang der Fabel. Wakefield ist seine beste Erzählung, vielleicht eine der besten ihrer Art in der Literatur. Vorgezeichnet durch Wasser und Spiegel kehrt das Thema des Doppelgängers in der menschlichen Phantasie immer wie-

der. In The Great Stone Face (Das große Steingesicht) *finden wir es auf unerwartete und originelle Weise behandelt, und darüber hinaus wird ein anderes altes Thema aufgenommen: Der Suchende, der niemals erkennt, daß er nur sich selber sucht.* Earth's Holocaust (Das Brandopfer der Erde) *ist ein wunderbares Gegenstück zu dem spekulativen Mystizismus der Transzendentalisten von Neu England, mit denen Hawthorne befreundet war; die wahre Wirklichkeit ist der menschliche Geist, nicht die greifbare und sichtbare Welt.* Poe sollte 1841 *die heutzutage so reiche Gattung des Kriminalromans erfinden; Hawthorne hatte vier Jahre früher* Mr. Higginbothams Catastrophe *veröffentlicht, die bereits Überraschungen und Tricks vorwegnimmt. Hawthorne legt Gewicht auf das Komische. Wäre der Text heute geschrieben worden, wäre das Ende tragisch, und man hätte es zum Ausgangspunkt genommen.* The Minister's Black Veil (Des Pfarrers schwarzer Schleier), *das letzte Stück der Sammlung, ist eine frisch-freche Allegorie, trotzdem nicht nur wirksam, sondern auch unvergeßlich. Hawthorne hat die besten und die schlechtesten Geschichten der Welt geschrieben; in dieser Sammlung machen wir den Leser mit den ersteren bekannt.*
Wie Beda der Ehrwürdige starb Nathaniel Hawthorne im Traum. Sein Tod geschah im Frühling 1864 in den Bergen von New Hampshire. Niemand kann uns verbieten, uns die Geschichte vorzustellen, die er träumte und die der Tod krönte oder auslöschte. War doch sein ganzes Leben eine Folge von Träumen. Jorge Luis Borges

Wakefield

Aus irgendeinem alten Magazin oder einer Zeitung erinnere ich mich an die angeblich wahre Geschichte eines Mannes – wir wollen ihn Wakefield nennen –, der sich für eine beträchtliche Zeit von seiner Frau entfernte. Derart abstrakt formuliert, wäre diese Tat weder besonders ungewöhnlich, noch dürfte man sie – ohne eine genaue Betrachtung der begleitenden Umstände – als schlecht oder unsinnig verurteilen. Nichtsdestoweniger ist dies zwar keineswegs der schwerste, aber sicherlich der merkwürdigste Fall ehelichen Vergehens, der jemals bekannt wurde; zudem ein Einfall von einer Grillenhaftigkeit, die ihresgleichen sucht auf der Liste menschlicher Seltsamkeiten.
Das Ehepaar lebte in London. Unter dem Vorwand, eine Reise zu machen, mietete sich der Mann nur eine Straße von seinem eigenen Haus entfernt eine Wohnung und blieb dort über zwanzig Jahre, ohne

daß seine Frau oder seine Freunde von ihm hörten und ohne den Schatten eines Grundes für eine solche Selbstverbannung. Während dieser Zeit kam ihm nicht nur sein Heim jeden Tag vor Augen, sondern auch häufig die verlassene Mrs. Wakefield. Und nach einer derartigen Unterbrechung seines ehelichen Glücks – als sein Tod bereits für gewiß galt, sein Nachlaß geordnet, sein Name der Erinnerung entschwunden war und seine Frau sich seit langer, langer Zeit in ihren herbstlichen Witwenstand gefunden hatte – trat er eines Abends in die Tür, gleichmütig, als wäre er nur einen Tag fortgewesen, und wurde bis zu seinem Tod ein liebender Gatte.

Diese knappe Skizze ist alles, woran ich mich erinnere. Aber der Vorfall ist, wenn auch zweifellos originell, ohne Beispiel und wahrscheinlich ohne Nachfolger, doch von einer Art, daß er, wie ich glaube, auf die allgemeine Teilnahme der Menschheit rechnen kann. Jeder von uns weiß für sich selber, daß er einer solchen Torheit nicht fähig wäre, traut sie aber doch einem anderen zu. In meinen eigenen Überlegungen wenigstens ist sie immer wieder aufgetaucht, von Verwunderung begleitet, aber auch von dem Empfinden, daß die Geschichte wahr sein müsse, und einer Vorstellung vom Charakter ihres Helden. Und wann immer ein Sujet sich derart nachhaltig des Geistes bemächtigt, so ist die Zeit, die mit Nachdenken darüber verbracht wird, wohl angewandt. Wenn es dem Leser gefällt, soll er selber darüber nachdenken; wenn er es dagegen vorzieht, die zwanzig Jahre von Wakefields Abirrung mit mir zu durchstreifen, so heiße ich ihn willkommen – im Vertrauen auf eine durchgehende Atmosphäre und eine Moral –, auch wenn es uns vielleicht nicht gelingt, sie hübsch eingekleidet und in einen abschließenden Satz verpackt zu finden. Nachdenken bleibt niemals ohne Folgen, und keine auffällige Begebenheit ohne Moral.

Was war Wakefield für ein Mann? Wir sind frei, uns unsere eigene Vorstellung von ihm zu machen und sie mit seinem Namen zu benennen. Er stand jetzt am Höhepunkt seines Lebens; die ehelichen Gefühle, auch früher nicht heftig, hatten sich zu einer ruhigen Gewohnheit abgeklärt; von allen Ehemännern war er vielleicht der beständigste, weil eine gewisse Trägheit sein Herz, wo immer es auch sein mochte, im Gleichgewicht hielt. Er hatte Verstand, den er jedoch nicht strapazierte; sein Geist beschäftigte sich mit langen, müßigen Betrachtungen, die kein Ziel verfolgten oder nicht die Kraft hatten, es zu erreichen; selten besaßen seine Gedanken so viel Energie, sich in Worte zu kleiden. Phantasie in der eigentlichen Bedeutung des Wortes gehörte nicht zu Wakefields Geistesgaben.

Bei diesem kalten, wenn auch nicht verdorbenen oder unsteten Herzen, bei diesem Geist, der sich weder vom Fieber aufrührerischer Gedanken ergreifen noch sich in originelle Vorstellungen verwickeln ließ – wer hätte da ahnen sollen, daß unser Freund jemals Anspruch darauf erheben sollte, unter den Exzentrikern aller Zeiten an vorderster Stelle zu stehen? Hätte man seine Bekannten gefragt, welcher Mann in ganz London ihrer Meinung nach derjenige sei, der ganz sicherlich heute nichts tun würde, dessen man sich auch morgen noch erinnert, sie hätten an Wakefield gedacht. Nur die Frau seines Herzens hätte vielleicht gezögert. Ohne seinen Charakter analysiert zu haben, erkannte sie doch unklar eine gewisse stille Selbstsucht, die sich in seinen trägen Geist eingerostet hatte, eine merkwürdige Art von Eitelkeit, die seine unangenehmste Eigenschaft war, eine Anlage zur Heimlichtuerei, die sich allerdings höchstens dahingehend auswirkte, daß er seine kleinen Geheimnisse hatte, die ohnedies niemand interessierten – und endlich, manchmal, eine gewisse Fremdheit in dem guten Mann, eine Sonderbarkeit. Diese letztgenannte Eigenschaft ist unbestimmbar, vielleicht auch nicht wirklich vorhanden.

Stellen wir uns nun vor, wie Wakefield seiner Frau Lebewohl sagt. Es ist ein Abend im Oktober, es dämmert. Seine Ausstattung besteht aus einem graubraunen, wollenen Überzieher, einem mit Wachsleinwand bezogenen Hut, Stulpenstiefeln, einem Schirm in der einen, einem kleinen Lederkoffer in der anderen Hand. Mrs. Wakefield hat er mitgeteilt, daß er mit der Nachtkutsche aufs Land zu fahren gedenke. Sie hätte ihn gern gefragt, wie lange die Fahrt dauern, wohin sie ihn führen und wann ungefähr er wieder zurückkommen wird; aber aus Rücksicht auf seine harmlose Neigung zum Heimlichtun wirft sie ihm nur einen fragenden Blick zu. Darauf sagt er ihr, sie möge ihn nicht unbedingt mit der Retourkutsche erwarten, noch sich aufregen, sollte er drei oder vier Tage ausbleiben; jedenfalls aber für Freitag zum Abendessen mit ihm rechnen. Wakefield selber, das dürfen wir nicht vergessen, weiß durchaus nicht, was ihm bevorsteht. Er streckt seine Hand aus, sie gibt ihm die ihre und erwidert seinen Abschiedskuß mit der Selbstverständlichkeit einer zehnjährigen Ehe; und fort geht Mr. Wakefield, ein Mann im mittleren Alter, fast schon entschlossen, seine brave Frau durch eine volle Woche Abwesenheit zu verblüffen. Nachdem sich die Tür schon hinter ihm geschlossen hat, sieht sie, wie diese noch einmal einen Spalt breit aufgeht und den Blick freigibt auf das Gesicht ihres Mannes, wie er ihr zulächelt – und gleich darauf wieder verschwindet. Im Augenblick verschwendet sie keinen Gedanken auf diesen kleinen Vorfall. Aber viel später, nachdem sie schon mehr Jahre Witwe gewesen ist als Ehefrau, kommt ihr dieses Lächeln wieder ins Gedächtnis und zuckt über alle Erinnerungsbilder von Wakefields Gesicht. In ihren endlosen Grübeleien umgibt sie das ursprüngliche Lächeln mit einer Vielfalt von Vorstellungsbildern, die es fremdartig und schrecklich erscheinen lassen; wenn sie sich ihn zum Beispiel in einem Sarge liegend vorstellt, dann ist dieses Abschiedslächeln auf seinen bleichen Zügen eingefroren; oder wenn sie von ihm träumt, wie er im Himmel ist, dann trägt noch sein seliger Geist dieses stille, verschmitzte Lächeln. Ja, als alle anderen ihn für tot abgeschrieben haben, da zweifelt sie allein um dieses Lächelns willen noch manchmal, ob sie wirklich Witwe ist.

Aber wir haben uns um ihren Mann zu kümmern.

Wir müssen durch die Straße hinter ihm herlaufen, bevor er seine Individualität verliert und mit der riesigen Masse des Londoner Lebens verschmilzt, denn dort würden wir vergeblich nach ihm suchen. Wir wollen ihm daher dicht auf den Fersen bleiben, bis er nach einigen überflüssigen Haken und Umwegen endlich vor dem offenen Kamin einer kleinen, im voraus gemieteten Wohnung zur Ruhe kommt. Er ist nur eine Gasse weiter gegangen und steht doch schon am Ende seiner Reise. Kaum wagt er es, seinem Glück zu trauen, daß er nämlich unbemerkt hierher gelangt ist – dabei fällt ihm ein, daß er einmal von der Menge aufgehalten worden, und das mitten im Lichtschein einer Laterne; ein anderes Mal meinte er Schritte zu hören, die hinter den seinen hergingen, deutlich unterschieden von dem vielfältigen Getrampel rund um ihn; und schließlich hörte er von ferne eine Stimme rufen und bildete sich ein, sie riefe seinen Namen. Ohne Zweifel haben ein Dutzend Wichtigtuer und Klatschmäuler ihn beobachtet und seiner Frau die ganze Sache hinterbracht. Armer Wakefield! Nicht einmal eine Ahnung hast du, wie wenig du in dieser großen Welt bedeutest! Kein sterblich Aug hat dich verfolgt außer dem meinen. Geh nur zu Bett, du törichter Mann; und wenn du weise sein willst, dann geh am Morgen nach Haus zur guten Mrs. Wakefield und sag ihr die Wahrheit. Räume nicht deinen Platz in ihrem keuschen Busen, und sei es auch nur für eine kurze Woche. Müßte sie dich auch nur einen einzigen Augenblick lang tot oder verloren oder auf immer von sich getrennt glauben, dir wäre bald schmerzlich bewußt, daß in deinem treuen Weibe eine Veränderung geschah, die nie wieder rückgängig zu machen ist. Eine Kluft in menschlichen Gefühlen aufzureißen ist immer gefährlich; nicht, daß sie so lang und breit klafft –, sondern daß sie sich so rasch wieder schließt!

Seine Posse, oder wie man es nennen soll, fast schon bereuend legt Wakefield sich zeitig nieder; aus dem ersten Schlaf auffahrend, breitet er die Arme über die weite, öde Fläche der ungewohnten Bettstatt. «Nein» – denkt er und wickelt die Decken enger um sich –, «ich werde keine zweite Nacht allein schlafen.» Am nächsten Morgen steht er früher auf als sonst und beginnt zu überlegen, was er eigentlich tun will. So wirr sind seine planlosen Gedankengänge, daß er diesen doch sehr seltsamen Schritt zwar im Bewußtsein einer Absicht getan hat, ohne jedoch imstande zu sein, sie in seinen eigenen Überlegungen klar zu erkennen. Das Unbestimmte des Unternehmens ist für einen schwachen Charakter nicht weniger typisch als die geradezu krampfhafte Anstrengung, mit der er sich auf die Ausführung stürzt. Nun, Wakefield sichtet seine Gedanken, so gründlich, wie ihm das möglich ist, und stellt fest, daß er vor allem neugierig ist zu erfahren, wie die Dinge zu Hause weitergehen – wie sein musterhaftes Weib mit ihrer einwöchigen Witwenschaft fertig wird; ja, wie überhaupt der kleine Kreis von Geschöpfen und Umständen, in dem er bisher eine zentrale Figur war, durch seine Entfernung berührt wird. Eine recht jämmerliche Eitelkeit scheint also der ganzen Sache zugrunde zu

liegen. Aber wie soll er diese Neugierde befriedigen? Sicherlich nicht dadurch, daß er in seiner gemütlichen Wohnung sitzen bleibt, wo er, obwohl er nur eine Gasse weiter von seinem Haus schlief und erwachte, dennoch beinahe in einem anderen Land ist, so, als hätte er die ganze Nacht in der sausenden Postkutsche verbracht. Wenn er aber jetzt auftaucht, dann ist der ganze Plan schon im Keime erstickt. Sein armes Hirn ist diesem Dilemma in keiner Weise gewachsen; endlich wagt er sich aus dem Haus, halb entschlossen, die Straße an ihrem oberen Ende zu überqueren und wenigstens einen verstohlenen Blick auf das verlassene Heim zu werfen. Die Gewohnheit – denn er ist ein Mann der Gewohnheiten – nimmt ihn bei der Hand und führt ihn, ohne daß es ihm bewußt würde, vor seine eigene Tür, wo er gerade im kritischen Moment vom Scharren seiner Füße an der Türschwelle erwacht. Wakefield! Wohin des Weges?
In diesem Augenblick dreht sich sein Schicksal in den Angeln. Ohne auch nur zu ahnen, welchem Verhängnis ihn der erste Schritt zurück überantwortet, eilt er hinweg, eine bisher nie gekannte Erregung benimmt ihm den Atem, und erst an der fernen Straßenecke wagt er es, knapp den Kopf zu wenden. Ist's möglich, daß ihn keiner gesehen hat? Wird nicht der ganze Haushalt – die ehrbare Mrs. Wakefield, das aufgeweckte Dienstmädchen, der dreckige kleine Laufjunge – den flüchtigen Herrn und Meister mit Zetergeschrei durch die Straßen Londons verfolgen? O glückliche Rettung! Seinen Mut zusammenraffend, hält er inne und

blickt heimwärts – und ist betroffen über die Veränderung, die mit dem vertrauten Haus vorgegangen ist, – ein Gefühl, das uns alle befällt, wenn wir, nach monate- oder gar jahrelanger Trennung, einen Hügel, einen See oder ein Kunstwerk wiedersehen, dem wir in langer Freundschaft verbunden waren.

Gewöhnlich wird dieser kaum zu beschreibende Eindruck durch den Vergleich unserer unvollkommenen Erinnerung mit der Realität oder durch den Gegensatz zwischen ihnen hervorgerufen. Bei Wakefield hatte der Zauber einer einzigen Nacht diese Verwandlung bewirkt, weil in dieser kurzen Zeitspanne eine moralische Veränderung geschehen war. Aber das bleibt ihm selbst ein Geheimnis. Bevor er seinen Platz verläßt, erhascht er noch von weitem einen kurzen Blick auf seine Frau, wie sie, das Gesicht dem Ende der Straße zugewendet, schräg am vorderen Fenster vorbeigeht. Darauf gibt der neunmalkluge Einfaltspinsel Fersengeld, von dem Gedanken verängstigt, daß unter tausend solchen Atomen der Sterblichkeit ihr Auge ausgerechnet ihn entdeckt hatte. Richtig warm ist ihm ums Herz – wenn auch das Hirn noch schwimmt –, als er sich vor dem Kohlenfeuer seiner Wohnung wiederfindet.

Soviel zum Beginn dieses langen Schnickschnacks. Nachdem der Gedanke einmal in seinen Geist Eingang gefunden und er sein träges Temperament so weit aufgerüttelt hat, um ihn in die Tat umzusetzen, läuft das ganze wie von selbst weiter. Wir dürfen ihn uns getrost vorstellen, wie er als Ergebnis reichlichen Überlegens eine neue, eine rothaarige Perücke erwirbt und bei einem Juden aus einem Sack voll alter Kleider etliche Gewänder auswählt, die im Schnitt von seinem gewöhnlichen braunen Anzug deutlich abweichen. Nun ist es soweit. Wakefield ist ein anderer geworden. Nachdem sich das neue System einmal eingespielt hat, wäre der Schritt zurück, zu dem alten Zustand, beinahe ebenso schwierig wie jener Schritt, der ihn in diese unerhörte Lage gebracht hat. Außerdem ist er jetzt bockig — sein zur Übellaunigkeit neigender Charakter treibt ihn manchmal in diesen Zustand, der diesmal von dem Verdacht hervorgerufen wird, auf die Gefühle in Mrs. Wakefields Busen nicht genügend Eindruck gemacht zu haben. Er wird erst zurückkehren, bis sie vor Angst halb tot ist, nicht eher. Nun gut; zwei- oder dreimal ist sie an ihm vorübergekommen, von Mal zu Mal mit schwererem Gang, sorgenumwölkter Stirn, blasser im Gesicht; in der dritten Woche seiner Abwesenheit sieht er endlich einen Unglücksboten in Gestalt des Apothekers sein Haus betreten. Am nächsten Tag ist der Türklopfer umwickelt. Gegen Einbruch der Nacht fährt der Wagen eines Arztes vor und setzt seine mit riesiger Perücke versehene, würdevolle Last vor Wakefields Haustür ab, wo diese nach einer viertelstündigen Visite wieder erscheint — vielleicht der Vorbote eines Leichenbegängnisses. Die Teure! Wird sie sterben? An diesem Punkt ist Wakefield so aufgeregt, daß er beinahe so etwas wie eine starke Empfindung verspürt; dennoch meidet er das Krankenlager, weil, wie sein eigenes Gewissen ihm versichert, seine Frau doch jetzt nicht gestört werden dürfe. Wenn es sonst noch etwas gibt, was ihn zurückhält, so weiß er nichts davon. In den nächsten Wochen erholt sich Mrs. Wakefield langsam wieder, die Krisis ist vorüber; ihr Herz ist zwar betrübt, aber auch still und ruhig; mag er nun früher oder später zurückkommen, es wird nie wieder heftig für ihn schlagen. Derartige Vorstellungen schimmern durch den Nebel in Wakefields Hirn und bringen ihm undeutlich zu Bewußtsein, daß eine fast schon unüberschreitbare Kluft seine Mietwohnung von seinem früheren Heim trennt. «Aber es ist doch nur eine Gasse weiter!» sagt er dann manchmal. Du Narr! Es ist in einer anderen Welt. Bisher hat er seine Rückkehr von einem Tag auf den anderen verschoben; von jetzt an läßt er den Zeitpunkt offen. Morgen nicht – vielleicht nächste Woche – jedenfalls bald. Armer Mann! Die Toten haben kaum weniger Aussicht, ihr irdisches Heim wieder zu betreten, als Wakefield, der sich selbst verbannt hat.

Dürfte ich doch nur einen Folioband darüber schreiben statt eines kurzen Artikels im New-England-Magazine. Dann wäre es mir vergönnt zu zeigen, wie ein unserer Kontrolle entzogener Einfluß seine starke Hand auf jede unserer Taten legt und deren Folgen zum eisernen Gewebe der Notwendigkeit verbindet. Wakefield ist wie gebannt. Wir müssen ihn jetzt sich selbst überlassen, zehn Jahre lang oder mehr, wie er um sein Haus schleicht, ohne jemals die Schwelle zu überschreiten, und seinem Weibe mit der ganzen Zuneigung, deren sein Herz fähig ist, die Treue hält, während er selber langsam in ihrem Herzen verblaßt. Festzuhalten ist, daß er schon seit langem jede Einsicht in die Merkwürdigkeit seines Verhaltens verloren hat. Bitte, beachtet die folgende Szene! Im Gewühl einer Londoner Straße erblicken wir einen Mann, schon ältlich, ohne besondere Kennzeichen, um das Auge eines flüchtigen Beobachters auf sich zu ziehen; aber die, die zu lesen verstehen, erkennen in seiner ganzen Erscheinung die Handschrift eines nicht gewöhnlichen Schicksals. Er ist dünn; die niedrige, schmale Stirn ist tief zerfurcht; die Augen, klein und glanzlos, fahren manchmal unruhig herum, noch öfter scheinen sie nach innen gerichtet. Er hat den Kopf gesenkt und hat einen unmöglich zu beschreibenden schiefen Gang, so, als wolle er um keinen Preis der Welt seine Frontalansicht zeigen. Seht ihn nur lange genug an, um zu erkennen, was wir beschrieben haben, und ihr müßt zugeben, daß die Umstände, die aus einem mittelmäßigen Naturprodukt oft einen außergewöhnlichen Mann zu schaffen imstande sind, hier eben dieses getan haben. Während wir ihn nun weiter den Gehsteig entlangtrotten lassen, wenden wir unseren Blick in die entgegengesetzte Richtung, wo eine stattliche, wenn auch schon mehr als reife Dame mit einem Gebetbuch in der Hand der Kirche dort drüben zustrebt. Aus ihrer ganzen Haltung geht hervor, daß sie sich mit ihrem Witwenstand abgefunden hat. Gram und Schmerz haben ihr Herz entweder verlassen oder sind ihm so nötig geworden, daß es ein schlechter Tausch wäre, sie durch Freude zu

ersetzen. Eben als der magere Mann und die stattliche Dame aneinander vorbeigehen wollen, entsteht eine leichte Verkehrsstörung, die die beiden Figuren unmittelbar miteinander in Kontakt bringt. Ihre Hände berühren sich; der Druck der Menge preßt ihre Brust an seine Schulter; sie stehen einander von Angesicht zu Angesicht gegenüber und starren sich in die Augen. Und so begegnet Wakefield nach einer zehnjährigen Trennung wieder seiner Frau!
Die Menge flutet zurück und reißt die beiden auseinander. Wieder in den früheren Gang fallend, schreitet die ehrbare Witwe auf ihrem Weg zur Kirche fort, doch als sie das Portal erreicht hat, bleibt sie stehen und wirft einen verstörten Blick auf die Gasse hinter sich. Dann jedoch tritt sie, das Gebetbuch geöffnet, hinein in die Kirche. Und der Mann? Mit einem Gesicht, so wild, daß sogar die eiligen, in ihre eigenen Angelegenheiten vertieften Londoner stehen bleiben und ihm nachstarren, stürzt er zu seiner Wohnung, verriegelt die Tür hinter sich und wirft sich aufs Bett. Seit Jahren tief vergrabene Gefühle brechen aus ihm hervor; sein schwaches Temperament schöpft einen kurzen Augenblick der Kraft aus ihrer Heftigkeit; ein Blick offenbart ihm die ganze Schäbigkeit seines Daseins eines Sonderlings, und er ruft mit Leidenschaft in der Stimme – «Wakefield! Wakefield! Du bist wahnsinnig!»
Vielleicht hatte er recht. Die Einzigartigkeit seiner Situation mußte ihn bereits derart nach ihrem Zwang geformt haben, daß er in bezug auf seine

Mitmenschen und auf das Geschäft des Lebens sicherlich nicht als einer gelten konnte, der völlig bei Sinnen war. Ob nun mit oder ohne eigene Absicht, er hatte es jedenfalls fertiggebracht, sich von der Welt zu lösen – zu verschwinden –, seinen Platz, seine Rechte unter den Lebenden aufzugeben, ohne bei den Toten Aufnahme zu finden. Sein Leben ähnelte keineswegs dem eines Einsiedlers; er lebte mitten im Leben und Treiben der Stadt, genau wie früher; aber die Menge strömte an ihm vorbei und sah ihn nicht; er lebte, bildlich gesprochen, noch immer an der Seite seiner Frau und an seinem häuslichen Herde, ohne die Wärme des einen noch die Liebe der anderen zu verspüren. Es war Wakefields beispielloses Schicksal, seinen ursprünglichen Anteil an menschlichen Beziehungen bewahrt zu haben und noch immer in menschliche Interessen verwickelt zu sein, jedoch den eigenen Einfluß auf diese Dinge verloren zu haben. Es wäre eine höchst interessante Aufgabe, die Wirkung dieser Umstände einmal auf sein Herz, dann auf seinen Verstand und dann auf beide zusammen zu verfolgen. Sosehr er sich übrigens verändert hatte, er wurde sich dessen kaum jemals bewußt, sondern meinte, der gleiche zu sein, der er immer gewesen war; manchmal zuckte für einen kurzen Augenblick eine Ahnung der Wahrheit in ihm auf; aber auch dann sagte er noch – «bald werde ich zurückkehren!» –, ohne daran zu denken, daß er das nun schon seit zwanzig Jahren sagte.
Ich nehme übrigens an, daß diese zwanzig Jahre im Rückblick kaum länger erschienen als jene eine

Woche, auf die Wakefield seine Abwesenheit zu Anfang beschränkt hatte. Von ihm aus gesehen nahm sich die Angelegenheit höchstens wie ein kurzes Zwischenspiel im Drama seines Lebens aus. Sobald er, irgendwann in der nächsten Zeit, den rechten Punkt für gekommen hielt, sein Wohnzimmer wieder zu betreten, würde seine Frau beim Anblick des ältlichen Mr. Wakefield vor Freude in die Hände klatschen. Ach, was für ein Irrtum! Würde die Zeit nur immer den Abschluß unserer verrückten Unternehmungen stillstehend abwarten, dann wären wir alle selbst am Jüngsten Tag noch junge Männer!

Eines Abends, im zwanzigsten Jahre seines Verschwindens, machte Wakefield seinen gewohnten Abendspaziergang in Richtung jener Behausung, die er noch immer seine eigene nannte. Es ist ein stürmischer Herbstabend, mit heftigen Regengüssen, die aufs Pflaster klatschen und schon wieder zu Ende sind, ehe ein Mann Zeit findet, seinen Schirm aufzuspannen. Unweit von seinem Hause innehaltend, gewahrt Wakefield hinter den Wohnzimmerfenstern des zweiten Stockwerks den roten Schein, das Flackern und Zucken eines gemütlichen Feuers. An der Decke erscheint der groteske Schatten der guten Mrs. Wakefield. Haube, Nase, Kinn und die behäbige Taille vereinigen sich zu einer großartigen Karikatur, die im aufflackernden und wieder versinkenden Schein des Feuers hin- und hertanzt, beinahe zu lustig für den Schatten einer ältlichen Witwe. In diesem Augenblick fällt zufällig wieder ein Regenschauer vom Himmel, den ein unhöflicher Windstoß Wakefield voll gegen Gesicht und Brust bläst. Die herbstliche Kälte geht ihm durch und durch. Soll er hier draußen stehen, naß, vor Kälte zitternd, wenn sein eigener Herd ein gutes Feuer hat, um ihn zu wärmen, und seine eigene Frau laufen wird, um ihm den grauen Hausrock und die Kniehosen zu holen, die sie ohne Zweifel im Schrank ihres Schlafzimmers sorgfältig aufbewahrt hat? Nein! So ein Narr ist Wakefield nicht! Er steigt die Stiegen hinauf – schweren Schrittes, denn in den zwanzig Jahren, seit er hier zum letztenmal herunterkam, sind seine Beine steif geworden –, aber das ist ihm nicht bewußt. Bleib, Wakefield! Willst du in das einzige Heim zurückkehren, das dir noch geblieben ist? Dann steig in dein Grab! Die Tür geht auf. Im Eintreten erhaschen wir noch einen letzten Blick auf sein Gesicht und erkennen jenes durchtriebene Lächeln, das den kleinen Scherz ankündigte, den er sich seither auf Kosten seiner Frau geleistet hat. Was für einer erbarmungslosen Prüfung hat er die Arme unterzogen! Nun gut; wir wollen Wakefield eine gute Nachtruhe wünschen!

Dieses glückliche Ereignis – angenommen, es war wirklich ein solches – konnte nur in einem unbewachten Augenblick stattfinden. Wir wollen unserem Freunde nicht über die Schwelle folgen. Er hat uns allerhand Stoff zum Nachdenken geliefert; einen Teil wollen wir dazu benutzen, um aus seiner Weisheit eine Moral zu gewinnen und zu einer Gestalt zu verdichten. In dem scheinbaren Durcheinander unserer mysteriösen Welt sind die Individuen jeweils so gut einem bestimmten System angepaßt und die Systeme wieder aneinander und in ein gemeinsames Ganzes, daß ein Mann, der auch nur für einen Augenblick daraus hervortritt, sich der fürchterlichen Gefahr aussetzt, seinen Platz für immer zu verlieren. Gleich Wakefield kann es ihm geschehen, daß er, sozusagen, zum Ausgestoßenen des Universums wird.

Das große Steingesicht

Eines Nachmittags, als die Sonne hinter die Berge sank, saß eine Mutter mit ihrem kleinen Sohn vor der Tür ihrer Hütte. Sie sprachen von dem großen Steingesicht. Sie brauchten nur aufzuschauen, dann war es deutlich zu erkennen – wenn auch meilenweit entfernt. Die Strahlen der untergehenden Sonne verklärten seine Züge.
Und was war nun das – das erhabene Angesicht der Berge?
Von hohen Bergen umschlossen dehnte sich ein weites Tal – so weit und geräumig, daß es vielen hundert Einwohnern Raum bot. Ein Teil dieser rechtschaffenen Menschen lebte in Blockhütten an den steilen, beschwerlichen Berghängen – ganz einsam, nahe den dunklen Wäldern. Andere wohnten in behaglichen Bauernhäusern und bebauten die fruchtbare Erde der sanfteren Hänge und des ebenen Talgrundes. Wieder andere hatten sich zu

Ortschaften von ganz stattlicher Größe zusammengefunden; meist dort, wo ein wilder Gebirgsbach – in höheren Regionen entsprungen – zu Tal stürzte. Durch menschliches Wissen und Können eingedämmt und nutzbar gemacht, wurde er gezwungen, mit seiner Kraft die Maschinen der Baumwollspinnereien anzutreiben. Kurzum – das stille Gebirgstal umfaßte viele Menschen von recht verschiedener Lebensart.

Alle ohne Ausnahme jedoch – Erwachsene wie Kinder – lebten in einer Art Vertrautheit mit dem erhabenen Angesicht der Berge, wenn auch einzelne von ihnen die Fähigkeit besaßen, diese gewaltige Naturerscheinung deutlicher wahrzunehmen als die meisten ihrer Nachbarn.

Das große Steingesicht also war ein Werk der Natur. In einer Stunde großartigen Mutwillens hatte sie es geschaffen, indem sie an einem senkrecht abfallenden Berghang gewaltige Gesteinsmassen in einer solchen Lage zueinander aufwarf, daß sie – aus genügender Entfernung gesehen – bis in alle Einzelheiten den Zügen eines menschlichen Angesichts entsprachen.

Wahrlich, es war, als hätte ein gewaltiger Riese oder ein Titan sein eigenes Ebenbild über dem jähen Abgrund ausgehauen. Man sah die hochgewölbte Stirn – wohl hundert Fuß ansteigend – die Nase mit ihrem langen Rücken und die ungeheuer breiten Lippen; hätten sie sprechen können, ihre Worte wären wie Donner von einem Ende des Tales bis zum anderen gerollt. Nur, wenn der Betrachtende zu nahe herankam, verloren sich die Umrisse des

gigantischen Gesichts, und er konnte nichts mehr erkennen als einen Haufen gewaltiger und schwerer Gesteinsmassen – in wildem Chaos aufeinander getürmt. Lenkte er seine Schritte wieder zurück, so traten die wundersamen Gesichtszüge wieder in Erscheinung. Und je weiter er sich entfernte, je mehr ähnelten sie einem menschlichen Gesicht, dessen ursprüngliche göttliche Reinheit noch unberührt erschien, bis schließlich – wenn es in der Ferne dunstig wurde und Wolken und durchsonnte Nebel die Berggipfel umhingen – das erhabene Angesicht in den Bergen wirklich zu leben schien.
Glücklich die Kinder, die im Anblick dieses erhabenen Angesichts aufwachsen durften. All seine Züge waren edel geformt, und ihr Ausdruck war ehrfurchtgebietend und liebevoll zugleich – als wären sie der Widerschein eines großen und warmen Herzens, das mit seiner Liebe die ganze Welt umfaßte und noch weit mehr umfassen könnte. Sein Anblick allein schon wirkte veredelnd. Altem Volksglauben gemäß verdankte auch das Tal seine Fruchtbarkeit diesem gütigen Angesicht, das ständig über ihm leuchtete, die Wolken aufhellte und mit seiner Liebe und Wärme die Sonnenstrahlen erfüllte.
Wie wir zu Anfang schon sagten, saß eine Mutter mit ihrem kleinen Sohn vor der Tür ihrer Hütte – in den Anblick des erhabenen Angesichts versunken.
Von ihm sprachen sie auch.
Der Knabe hieß Ernst.
«Mutter», rief er, während das Titanenantlitz auf ihn herablächelte, «Mutter, ich wünschte, es könnte

sprechen. Es sieht so gütig aus, daß auch seine Stimme freundlich klingen muß. Wenn mir ein Mann mit einem solchen Gesicht begegnete, – den hätte ich bestimmt sehr lieb.»
«Wenn eine alte Weissagung in Erfüllung geht», erwiderte die Mutter, «dann werden wir eines Tages einmal das Glück haben, einen Mann mit genau den gleichen Gesichtszügen zu sehen.»
«Was für eine Weissagung meinst du, Mutter?» fragte Ernst wißbegierig. «Erzähl mir bitte mehr davon!»
So kam es, daß die Mutter ihm eine Sage erzählte, die ihre eigene Mutter ihr schon erzählt hatte, als sie noch jünger war als Ernst. Eine Sage, die nicht von vergangenen Zeiten handelte, sondern von Ereignissen, die erst kommen sollten – eine Sage, die trotzdem so ur-uralt war, daß sie selbst den Indianern, die vor Zeiten dieses Tal bewohnt hatten, schon von ihren Vorfahren überliefert worden war; und diesen war sie – wie beteuert wurde – von den Gebirgsbächen zugeraunt und von dem Wind, der in den Baumwipfeln säuselt, zugeflüstert worden. Ihr Sinn und Inhalt war, daß eines künftigen Tages in dieser Gegend ein Kind das Licht der Welt erblicken werde, dazu ausersehen, die verehrungswürdigste und edelste Persönlichkeit seiner Zeit zu werden, und dessen Gesichtsausdruck im Mannesalter mit dem des erhabenen Angesichts in den Bergen eine ausgesprochene Ähnlichkeit haben sollte.
Nicht wenige alte Leute – aber auch manch einer der jüngeren Menschen – waren von so inbrünstiger

Hoffnung erfüllt, daß sie immer noch an ihrem unerschütterlichen Glauben an die Erfüllung der alten Weissagung festhielten. Andere hingegen, die mehr von der Welt gesehen hatten, waren des Wartens und Hoffens müde geworden und erklärten alles für müßiges Geschwätz – denn nie wollte ein Mann mit denselben Gesichtszügen erscheinen oder eine ehrfurchtgebietende Persönlichkeit auftauchen, die alle anderen an Weisheit und Güte überragte. Wie dem auch sei – der ehrwürdige Mann der Verheißung war bisher nicht erschienen.

«O Mutter, liebe Mutter!» rief Ernst und klatschte in die Hände, «wie gerne möchte ich noch leben, wenn er kommt!»

Die Mutter – eine liebevolle und nachdenkliche Frau – hielt es für das Klügste, die zuversichtlichen Erwartungen ihres Kindes nicht zu trüben. Darum sagte sie nur: «Mag sein, daß du ihn noch erleben wirst.»

Ernst vergaß nie, was die Mutter ihm erzählt hatte. So oft er auch das erhabene Angesicht betrachtete, war ihm die alte Sage gegenwärtig. Seine Kindheit verbrachte er in der Blockhütte, in der er geboren war. Er gehorchte der Mutter und war ihr behilflich, wo er nur konnte. Mit seiner kleinen Hände Arbeit half er ihr – und mehr noch mit seinem liebenden Herzen. So wuchs er von einem glücklichen, oft nachdenklichen Kinde zu einem stillen, unauffälligen und freundlichen Knaben heran. Sonnengebräunt von der Arbeit im Felde, – sah er doch klüger und aufgeweckter aus als manch einer der Burschen, die berühmte Schulen besucht hatten. Und doch war Ernst ganz ohne Lehrer aufgewachsen — nur das große Steingesicht war ihm zum Vorbild und Lehrmeister geworden. Abend für Abend, wenn sein Tagewerk vollbracht war, versenkte er sich in dessen Anblick, bis er zu guter Letzt das Gefühl hatte, daß die gewaltigen Gesichtszüge ihn grüßten und ihm zulächelten — in Erwiderung seiner eigenen bewundernden Blicke. Wir dürfen uns nicht anmaßen zu behaupten, das sei eine Täuschung gewesen — wenn auch das würdige Antlitz auf ihn vielleicht nicht gütiger herabsah als auf die übrige Welt. Das Geheimnis war nur, daß des Knaben zartfühlendes und reines Vertrauen ihn wahrnehmen ließ, was andern verschlossen blieb. So kam es, daß die Liebe, die allen zugedacht war, ihm zum ureigensten Besitz wurde.

Zu jener Zeit ging ein Gerede durch das Tal, der berühmte Mann, den man seit urdenklichen Zeiten vorausgesagt hatte, und der dem erhabenen Angesicht in den Bergen gleichsehen sollte, sei nun endlich erschienen. Offenbar war vor vielen Jahren ein junger Mann aus dem Gebirgstal ausgewandert. Er hatte sich in einer fernen Hafenstadt niedergelassen und — sobald er es zu etwas Geld gebracht hatte — dort einen Laden aufgemacht. Raffgold war sein Name — nur ließ sich nie ergründen, ob er wirklich so hieß oder ob es nur ein Spitzname war, den Erfolg und Lebensgewohnheiten ihm eingebracht hatten. Klug und rührig wie er war — von der Vorsehung überdies mit jener unergründlichen Fähigkeit ausgestattet, die notwendigerweise zu dem führt, was die Welt als Glück bezeichnet – wurde er zum ungewöhnlich reichen Handelsherrn und Eigentümer einer ganzen Flotte dickbauchiger Schiffe. Es war, als hätten alle Länder der Welt sich die Hand gereicht, zu keinem anderen Zweck, als dieses einen Mannes Wohlstand zu vermehren und immer neue Reichtümer für ihn aufzutürmen. Die kalten Regionen des Nordens – fast bis zur ewigen Nacht des Polarkreises hin – sandten ihm ihren Tribut in Gestalt von Pelzen. Das heiße Afrika ließ den Goldsand seiner Flüsse für ihn sieben und die Elfenbeinzähne der riesigen Elefanten in den Urwäldern für ihn sammeln. Der Orient schickte ihm wertvolle Teppiche, auch Gewürze und Tee sowie glitzernde Diamanten und große Perlen von reinstem Glanz. Selbst die Meere wollten nicht hinter dem Festland zurückstehen und gaben ihre mächtigen Walfische her, auf daß Herr Raffgold deren Öl mit Gewinn verkaufe. Was immer die ursprüngliche Ware sein mochte – unter seinen Händen wurde sie zu Gold.

Von ihm galt das gleiche wie von Midas in der Sage, daß alles, was seine Hände nur berührten, sich alsogleich golden färbte und zu glitzern anfing. Alles verwandelte sich auf der Stelle in Edelmetall oder – was ihm noch lieber war – in bare Münze. Als nun Herr Raffgold so wohlhabend geworden war, daß er mehr als hundert Jahre gebraucht hätte, um seine Reichtümer auch nur zu zählen, da kam sein heimatliches Tal ihm wieder in den Sinn. Er beschloß, dorthin zurückzukehren und seinen Lebensabend dort zu verbringen, wo er geboren war.

Im Hinblick auf diesen seinen Plan gab er einem tüchtigen Architekten den Auftrag, ihm einen Palast zu bauen – ganz so, wie es einem Manne von so unermeßlichem Reichtum gebührte.

Wie schon erwähnt, war durch das stille Tal längst das Gerücht gegangen, daß Herr Raffgold sich als die Gestalt der Verheißung erwiesen habe, die man so lange schon vergeblich herbeisehnte, und daß sein Gesicht das vollkommene und unbestreitbare Ebenbild des erhabenen Angesichts in den Bergen sei. Man glaubte das um so bereitwilliger, als man jetzt – wie durch Zauberhand – auf dem Gelände, wo einst des alten Raffgold Bauernhaus gestanden, das prächtige Gebäude erstehen sah. Die Außenwände waren aus blendend weißem Marmor errichtet. Eine auf hohen Säulen ruhende Vorhalle mit reichen Ornamenten führte zu der prunkvollen, mit silbernen Knäufen beschlagenen Haustür. Ihr reich gemasertes Holz war aus fernen Erdteilen gekommen. In einem jeden der stattlichen Räume reichten die Fenster vom Boden bis zur Decke. Sie waren aus reinstem Glas verfertigt, oder richtiger – sie bestanden aus einer einzigen riesigen Glasscheibe von so erlesen reinem Material, daß oft behauptet wurde, sie seien durchsichtiger noch als der luftleere Raum. Kaum einem Menschen war gestattet worden, das Innere des Palastes zu betreten. Glaubwürdigen Berichten gemäß sollte die Innenausstattung jedoch noch weit großartiger sein als die Außenseite – insofern als alles, was in anderen Häusern aus Eisen und Messing bestand, hier aus Gold und Silber war. Insbesondere Herrn Raffgolds

Schlafgemach war von so schimmernder Pracht, daß ein gewöhnlicher Sterblicher darin vor lauter Glanz keine Auge hätte zutun können. Herr Raffgold hingegen war mittlerweile so sehr an Pracht und Herrlichkeit gewöhnt, daß er nur dort noch Schlaf fand, wo er die Gewißheit hatte, daß so viel Glanz und Kostbarkeit durch seine Augenlider drang.

Das stattliche Gebäude wurde rechtzeitig fertig. Nun kamen zunächst die Innenarchitekten mit herrlichen Möbeln und Vorhängen. Ihnen folgte ein ganzes Heer von schwarzen und weißen Bediensteten – Herrn Raffgolds Vorboten. Er selbst in eigener hoher Person wurde erst gegen Abend erwartet. Unser Freund Ernst war tief ergriffen von dem Gedanken, daß nun endlich – nach so vielen Jahren vergeblichen Wartens – der verehrungswürdige Mann, die edle Gestalt der Verheißung, in dem stillen Gebirgstal in Erscheinung treten sollte. Obschon an Jahren noch ein Knabe, sah er tausend Möglichkeiten, wie Herr Raffgold mit seinem unermeßlichen Reichtum zum Wohltäter der Menschheit werden könne und einen ebenso umfassenden und segensreichen Einfluß auf menschliche Schicksale gewinnen, wie das Lächeln des erhabenen Angesichts in den Bergen. Von zuversichtlicher Erwartung erfüllt, hegte Ernst keinen Zweifel an der Wahrheit dessen, was die Leute behaupteten. Auch er war fest überzeugt, daß seine Augen nun wirklich das menschliche Ebenbild der wundersamen Gesichtszüge am Berghang erblicken sollten. Während der Knabe noch zu dem erhabenen Ange-

sicht der Berge hinaufschaute und – wie immer – das Gefühl hatte, daß es ihm gütig und ermunternd zulächle, war von der gewundenen Straße her schon Räderrollen zu vernehmen. «Da kommt er!» riefen die Leute, die sich eingefunden hatten, um der hohen Ankunft beizuwohnen. «Da kommt der berühmte Herr Raffgold!»
Von vier Pferden gezogen, stürmte ein Wagen um die Biegung des Wegs. Im Innern des Wagens, halb aus dem Fenster gelehnt, sah man den Kopf eines alten Mannes, dessen Hautfarbe so gelb schimmerte, als habe seine eigene Midashand sie verwandelt. Er hatte eine niedrige Stirn und kleine scharfe Augen, von unzähligen Fältchen umgeben. Die an sich schon schmalen Lippen sahen noch schmaler aus, weil er sie so fest zusammenpreßte.
«Wirklich! Das Ebenbild unseres erhabenen Angesichts in den Bergen!» schrie die Menge.
«Nun behält die alte Weissagung doch recht! Hier kommt er endlich – der berühmte Mann!»
Was Ernst jedoch am meisten wunderte, war, daß sie tatsächlich an die Ähnlichkeit zu glauben schienen, von der sie sprachen. Der Zufall wollte, daß am Wegrand eine alte Bettlerin mit zwei kleinen Kindern stand – Landstreicher, die von weither kamen. Als der Wagen an ihnen vorüberfuhr, streckten sie die Hände aus – mit kläglicher Stimme Almosen heischend. Eine große gelbe Hand – die gleiche, die so viel Reichtum zusammengescharrt hatte, zwängte sich aus dem Fenster der Kutsche und warf ein paar Kupfermünzen heraus, – so daß der Name des Mannes, der offenbar doch Raffgold

hieß, mit gleichem Recht auch Kupferstreuer hätte lauten können.

Dessen ungeachtet fuhr die Menge fort, vollkommen ernsthaft und, wie es schien, gleich gläubig wie zuvor – zu schreien: «Er ist das ausgesprochene Ebenbild des großen Steingesichts.»

Nur Ernst wandte sich traurig ab von den schlauen und selbstsüchtigen Zügen dieses runzligen alten Gesichts. Seine Augen blickten hinauf zu den Bergen, wo er – von Nebeln umhüllt und von den letzten Strahlen der untergehenden Sonne vergoldet – noch die wundersamen Züge erkennen konnte, die sich ihm so tief eingeprägt hatten. Ihr Anblick gab ihm seinen Frohsinn wieder. Was schienen die gütigen Lippen zu sagen?

«Er wird doch kommen, Ernst. Zweifle nicht! Eines Tages wird der Verheißene erscheinen.»

Ein Jahr nach dem andern verging. Ernst war nicht länger mehr ein Knabe. Er war zum jungen Mann herangewachsen. Nur selten zog er die Aufmerksamkeit der Talbewohner auf sich. In ihren Augen war nichts Außergewöhnliches an ihm – abgesehen davon, daß er sich noch immer gern für sich hielt und abends, wenn sein Tagewerk getan war, sich in den Anblick des großen Steingesichts in den Bergen versenkte und seinen eigenen Gedanken nachhing. In ihren Augen war das eine Torheit. Sie schien ihnen nur deshalb verzeihlich, weil Ernst im übrigen stets fleißig, freundlich und ein immer hilfsbereiter Nachbar war, der nicht die kleinste Pflicht versäumte, um dieser müßigen Gewohnheit nachzugehen. Keiner von ihnen ahnte, daß das erhabene Angesicht der Berge ihm Vorbild und Lehrmeister geworden war und dessen erhabener Ausdruck das Herz des jungen Mannes höher schlagen ließ und es mit einer tieferen Liebe und Menschlichkeit erfüllte als die Herzen anderer Menschen. Sie wußten nicht, daß von dort oben eine höhere Weisheit ausstrahlte, als man sie aus Büchern lernen konnte, und ein edleres Menschentum, als von den Lebenden ausging, deren Tun und Handeln doch nie ganz vorbildlich blieb. Auch Ernst selbst war sich nicht bewußt, daß die Gedanken und Gefühle, die ihm so selbstverständlich zuströmten, wann immer er mit sich zu Rate ging — sei es daheim, sei's bei der Feldarbeit — von einer höheren Kraft beseelt waren als die Gedanken und Gefühle seiner Mitmenschen.

In der Einfalt seines Herzens — sie war die gleiche noch wie einstmals, als die Mutter ihm die alte Weissagung erzählt hatte — sah er die wundersamen Gesichtszüge über dem Tal erglänzen, und immer noch sann er darüber nach, warum es so lange dauern möge, bis ihr menschliches Ebenbild in Erscheinung trete.

Inzwischen war der arme Herr Raffgold schon unter der Erde. Und das Merkwürdigste war, daß seine Reichtümer — die doch das A und O seines Lebens gewesen — schon vor ihm dahingeschwunden waren und von ihm nichts anderes zurückgelassen hatten als ein lebendes Knochengerüst, von runzliger gelber Haut überzogen. Seit sein Reichtum dahingeschmolzen war, gab jeder zu, daß letzten Endes gar keine auffallende Ähnlichkeit bestand zwischen den unedlen Gesichtszügen des verarmten Handelsherrn und dem erhabenen Angesicht am Berghang. So kam es, daß man schon zu seinen Lebzeiten aufgehört hatte, ihn zu ehren und ihn nach seinem Tode der Vergessenheit anheimfallen ließ. Nur selten einmal tauchte noch die Erinnerung an ihn auf – meist im Zusammenhang mit dem großartigen Palast, den er sich gebaut hatte, und der nun lange schon zum Hotel geworden war und den vielen Fremden Unterkunft bot, die alljährlich im Sommer herbeiströmten, um die berühmte Naturerscheinung – das große Steingesicht – zu sehen. Kurzum – Herr Raffgold war abgesetzt und in den Schatten gestellt worden, und der Mann der Verheißung wurde immer noch erwartet. Unterdessen ereignete es sich, daß ein anderer Talbewohner, der vor vielen Jahren Soldat geworden war und in vielen schweren Schlachten tapfer seinen Mann gestanden hatte, nun zum berühmten Befehlshaber geworden war. Unter welchem Namen auch immer er in die Geschichte eingehen mag, – in Feldlagern wie auf dem Schlachtfeld war er unter dem Scherznamen «der alte Donner und Doria» bekannt. Dieser kriegserprobte Veteran – durch Alter und Verwundungen gebrechlich geworden – war nun endlich des Kriegsgetümmels müde und fand, daß Trommelwirbel und Trompetenklänge nun lange genug an sein Ohr gedrungen seien. Er hatte in letzter Zeit die Absicht durchblicken lassen, in sein Heimattal zurückzukehren, um seine Ruhe dort wiederzufinden, wo er sie seiner Erinnerung nach zurückgelassen hatte.

Die Bewohner des Tals – seine nächsten Nachbarn und deren inzwischen erwachsene Kinder – waren entschlossen, den verdienten Krieger mit Böllerschüssen und einem öffentlichen Festmahl zu empfangen. Das alles geschah mit um so mehr Begeisterung, als verlautete, daß nun endlich das Ebenbild des erhabenen Angesichts in den Bergen wirklich erschienen sei. Ein Adjutant des alten Donner und Doria, der das Tal besichtigt hatte, sollte ganz bestürzt gewesen sein ob einer solchen Ähnlichkeit. Darüber hinaus erklärten Schulkameraden und Jugendfreunde des Generals sich bereit, an Eides Statt und nach bestem Wissen und Gewissen zu bezeugen, daß der gesagte General schon als Knabe eine auffallende Ähnlichkeit mit dem erhabenen Angesicht am Berge gezeigt habe – nur war damals niemand auf den Gedanken verfallen. Ungeheuer war daher die Spannung bis in die entlegensten Winkel des Tales. Manch einer, der seit Jahren nicht daran gedacht hatte, das erhabene Angesicht in den Bergen auch nur eines Blickes zu würdigen, verwandte nun viel Zeit darauf, es zu betrachten – nur um genau zu wissen, wie General Donner und Doria aussehen möge.

Am Tag der großen Festlichkeit ließ auch Ernst – wie jeder andere im Tal – die Arbeit Arbeit sein und wanderte zu der Stelle im Wald, an der das ländliche Fest stattfinden sollte. Im Näherkommen schon vernahm er die schallende Stimme von Ehrwürden Doktor Kampfgedröhn, der Gottes Segen auf die vielen guten Dinge herabflehte, die auf der Tafel standen – nicht zuletzt auch auf den hervorragen-

den Freund des Friedens, zu dessen Ehre man versammelt war. Die Tische hatte man in einer Lichtung des Waldes aufgestellt. Ringsum von alten Bäumen umschlossen, zeigte sich nur nach Osten hin ein Einschnitt, der den Blick auf das große Steingesicht der Berge in der Ferne freigab. Über dem Lehnstuhl des Generals – einer Reliquie aus dem Hause George Washingtons – hing eine Girlande aus grünen Zweigen, reich mit Lorbeer durchflochten. Darüber wehte das Banner des Landes, in dessen Zeichen der General seine Siege erfochten hatte. Freund Ernst erhob sich auf die Zehenspitzen in der Hoffnung, dann doch wenigstens einen Blick auf den berühmten Gast werfen zu können; aber um die Tische drängte sich eine große Menschenmenge, darauf erpicht, alle Trinksprüche und Reden zu hören – jedes Wort zu erhaschen, das der General erwidern könnte. Ernst in seiner Bescheidenheit ließ sich in den Hintergrund drängen, wo er von dem alten Donner und Doria so wenig erspähen konnte, als fege dieser noch auf dem Schlachtfeld herum.
Um sich zu trösten, wandte Ernst sich dem verehrungswürdigen Gesicht in den Bergen zu. Wie ein treuer und unvergeßlicher Freund schien es seinen Blick zu erwidern und ihm zuzulächeln durch die Lichtung des Waldes. Währenddessen drangen Bemerkungen recht verschiedenartiger Menschen an Ernsts Ohr. Alle verglichen die Gesichtszüge des alten Kriegers mit denen des erhabenen Angesichts am Berghang.
«Er gleicht ihm wirklich auf ein Haar», rief ein

Mann, indem er vor Freude einen Luftsprung machte. «Erstaunlich ähnlich, in der Tat!» erwiderte ein anderer.
«Ähnlich! sagt ihr. Meiner Ansicht nach ist das der alte Donner und Doria selbst in einem riesenhaften Spiegel gesehen!» rief ein dritter. «Warum auch nicht? Er ist der größte Mann nicht nur dieses Jahrhunderts – nein auch der kommenden – ganz zweifellos.»
Und dann stimmten die Männer schallende Hochrufe an, die wie elektrische Funken auf die Menge übersprangen und ein lautes Brausen aus tausend Kehlen hervorriefen. Von allen Bergen nah und fern hallte es wider – bis man den Eindruck hatte, das erhabene Angesicht der Berge selbst ließe seine Stimme miterschallen. Alle diese Äußerungen sowie die Begeisterung der Menge trugen dazu bei, Ernsts Gemüt noch stärker zu bewegen. Es kam ihm gar nicht in den Sinn zu bezweifeln, daß nun – endlich – das große Steingesicht in einem menschlichen Antlitz sein Ebenbild gefunden habe. Zwar hatte er sich immer vorgestellt, die lang ersehnte Persönlichkeit werde in Gestalt eines ausgesprochenen Friedensfreundes erscheinen, tiefe Weisheiten aussprechen, nur Gutes tun und alle Menschen glücklich machen. Ungeachtet seiner schlichten Denkweise jedoch fand er – wie immer – bald den nötigen Abstand von den Dingen und gab sich mit dem Gedanken zufrieden, daß die göttliche Vorsehung oft ihre eigenen wunderlichen Wege wähle, der Menschheit zum Segen zu gereichen. Er begriff, daß dieses hohe Ziel auch durch Krieg und Schwert

zu erreichen ist, wenn eine unerforschliche Weisheit es für richtig erachtet, alles so zu fügen.
«Der General! Der General!» rief die Menge.
«Pst! Ruhe! Donner und Doria, der Alte, will eine Rede halten!»
Ja, das wollte er. Sobald die Speisen abgetragen waren, hatte man unter schallenden Hochrufen auf das Wohl des Generals getrunken. Und jetzt hatte er sich erhoben, um der Festversammlung seinen Dank auszusprechen. Nun konnte auch Ernst ihn sehen. Über die Schultern der Menge hinweg sah er die glänzenden Schulterstücke, den gestickten Rockkragen und den Kopf des Generals. Unter festlichen Lorbeergirlanden stand er, und das Banner hing herab, als wollte es seine Augen vor der Sonne schützen. Und über allem sah Ernst gleichzeitig das erhabene Angesicht der Berge leuchten. War die Ähnlichkeit wirklich so groß, wie die Menge behauptete? Ach, Ernst vermochte nichts davon zu sehen. Nur ein kriegsmüdes und wetterhartes Gesicht sah er – von Tatendrang und eiserner Willenskraft erfüllt. Von der edlen Weisheit, der tiefen, allumfassenden Liebe und Güte jedoch war keine Spur zu entdecken in des alten Donner und Doria Zügen. Wenn das erhabene Angesicht in den Bergen hingegen je einmal den Ausdruck befehlender Strenge annahm, milderten ihn stets die sanfteren Züge.
«Auch er ist nicht der Verheißene», seufzte Ernst, während er sich einen Weg aus der Menge bahnte. «Warum nur muß die Welt so lange warten? –»
An der fernen Bergwand waren Nebel zusammen-

geflossen. Sie ließen die Züge des großen Steingesichts gewaltig und ehrfurchtgebietend erscheinen – ehrfurchtgebietend und dennoch unsagbar gütig – als hätte ein mächtiger Himmelsbote sich inmitten der Berge niedergelassen – eingehüllt in ein Wolkengewand von Gold und Purpur. Während Ernst hinblickte, konnte er sich des Eindrucks nicht erwehren, daß ein Lächeln das ganze Gesicht verkläre. Immer leuchtender und strahlender schien es zu werden, – obgleich die Lippen sich nicht bewegten. Dieser Eindruck war wohl durch die untergehende Sonne hervorgerufen, deren Strahlen den zarten Dunstschleier zwischen Ernst und dem Gegenstand seiner Betrachtung durchdrangen und auflösten. Wie immer jedoch stimmte der Anblick seines wunderbaren Freundes Ernst wieder zuversichtlicher – so zuversichtlich, als wären seine Hoffnungen nie enttäuscht worden.
«Zweifle nicht, Ernst!» sprach die Stimme seines Herzens, als flüstere das erhabene Angesicht selbst ihm zu: «Zweifle nicht, Ernst! Er wird kommen.»
Jahr um Jahr ging schnell und ruhig dahin. Immer noch lebte Ernst in seinem Heimattal. Er war jetzt im besten Mannesalter. Ohne daß er selbst es merkte, war nach und nach sein Ruf unter die Menschen gedrungen. Immer noch arbeitete er nur um sein täglich Brot, immer noch war er von der gleichen schlichten Wesensart, die man von jeher an ihm kannte. Und doch hatte er so viel von seinem Fühlen und Denken – so viele Stunden seines Lebens darauf verwandt, ein in Worten gar nicht faßbares Glück für die Menschheit zu ersehen. Es

war, als habe er mit Engeln Zwiesprache gehalten und als sei ganz unversehens deren Weisheit auf ihn übergegangen. Das offenbarte sich schon in der ruhigen und bedachtsamen Art, mit der er täglich in der Stille Gutes tat. Sein Alltag floß dahin wie ein ruhiger stetiger Strom, an dessen Ufern grüne Wiesen aufblühten, wo immer sein Lauf hinführt. Nicht ein Tag verging, ohne daß es der Welt zugute kam, daß dieser Mann – schlicht und demütig wie er war – in ihr lebte. Nie wich er von seinem Pfade ab – und doch wurde er wieder und wieder seinen Nachbarn zum Segen. Fast ohne es zu wollen, war er auch zum Prediger geworden. Die reine und edle Klarheit seiner Gedanken, die ihn stillschweigend Gutes tun ließ, erfüllte auch seine Worte. Er sprach Wahrheiten aus, die jeden aufhorchen ließen und die Menschen bewogen, ihr Leben umzugestalten. Kaum einer von ihnen ahnte, daß Ernst – ihr eigener Nachbar und vertrauter Freund – ein begnadeter Mensch war. Am wenigsten ahnte Ernst selbst davon. Selbstverständlich wie das Murmeln eines Baches – ebenso selbstverständlich kamen über seine Lippen Worte, die nie ein anderer vor ihm ausgesprochen hatte.

Als die Menge sich wieder beruhigt hatte, sah jedermann bereitwillig ein, daß es ein Irrtum gewesen, eine Ähnlichkeit zu finden zwischen den rohen Gesichtszügen General Donner und Dorias und dem gütigen Antlitz am Berghang.

Doch nun erschienen schon wieder neue Berichte und Zeitungsartikel mit der Behauptung, das Ebenbild des erhabenen Angesichts in den Bergen

sei erschienen – und zwar auf den breiten Schultern eines gewissen hervorragenden Staatsmannes. Auch er war – wie Herr Raffgold und der alte Donner und Doria – in dem stillen Gebirgstal geboren, hatte es jedoch in jungen Jahren schon verlassen, um sich den Rechtswissenschaften und der Politik zu widmen. Statt Reichtum und Schwert war ihm nur die Gabe der Beredsamkeit eigen – doch sie war mächtiger als Schwert und Reichtum miteinander. So wundersam beredt war er, daß man nicht anders konnte, als ihm alles zu glauben, was immer er auch sagen mochte. Unrecht wurde Recht, – und Recht wurde zu Unrecht – denn wenn es ihm beliebte, konnte er durch die Macht seiner Worte eine Art geistreichen Nebel hervorbringen und damit das helle Tageslicht trüben. Seine Sprache war wahrhaft ein Zauberinstrument. Manchmal rollte sie wie Donner daher – dann wieder klang sie wie liebliche Musik. Kriegsfanfare war sie und Friedensschalmei. Oft schien sie sogar von Herzen zu kommen – obwohl das keineswegs der Fall war. Wirklich und wahrhaftig – der Mann war zu bewundern. Und als er auf Grund seiner Beredsamkeit alle nur denkbaren Erfolge errungen hatte, in allen Staatsgebäuden und an allen Fürstenhöfen vernommen worden war und seine Rednergabe ihn in der ganzen Welt bekannt gemacht hatte – da kamen seine Landsleute auf den Gedanken, ihn zum Präsidenten zu wählen.
Vor diesem Zeitpunkt schon – eigentlich schon gleich, als er anfing berühmt zu werden – hatten seine Verehrer eine Ähnlichkeit zwischen ihm und

dem erhabenen Angesicht in den Bergen entdeckt. So überzeugt waren sie davon, daß der hohe Herr und Staatsmann bald landaus, landein unter dem Namen «altes Felsengesicht» bekannt ward. Man hoffte, daß diese Bezeichnung seine politischen Aussichten in hohem Maße begünstige, denn – ebenso, wie es beim Papsttum der Fall ist – kann niemand Präsident werden, ohne einen anderen Namen anzunehmen.

Während seine Freunde ihr Bestes taten, ihn zum Präsidenten zu machen, begab sich das Alte Felsengesicht – wie er genannt wurde – auf den Weg in das stille Tal, in dem er das Licht der Welt erblickt hatte. Wohl zu verstehn – er bezweckte nichts anderes, als seinen Mitbürgern die Hand zu drükken und dachte in keiner Weise an die Wirkung, die seine Reise durch das Land auf die Wahlen ausüben könne. Großartige Vorbereitungen wurden getroffen, den berühmten Staatsmann würdig zu empfangen. Eine Kavalkade ritt ihm bis zur Grenze des Staates entgegen, ihn willkommen zu heißen. Jedermann ließ seine Arbeit liegen und fand sich am Wegrand ein, um ihn vorbeifahren zu sehen.

Auch Ernst stand mit dabei. Obwohl er sich – wie wir wissen – mehr als einmal schon enttäuscht gesehen hatte, war er von Natur so zuversichtlich und vertrauensvoll, daß er dennoch stets bereit war, an alles Gute und Schöne zu glauben. Sein Herz stand jederzeit offen, den Segen des Himmels zu empfangen.

So machte er sich auch diesmal wieder – so freudig wie nur immer – auf den Weg, um endlich das angekündigte Ebenbild des großen Steingesichts zu sehen.

Stolz kam die Kavalkade dahergesprengt. Die Hufe klirrten. Staubwolken wurden aufgewirbelt – so hoch und dicht, – daß für Ernsts Augen das erhabene Angesicht im Gebirg völlig verdeckt wurde.

Alle Würdenträger der Umgegend waren – hoch zu Roß – erschienen: Offiziere der Bürgerwehr in Paradeuniform, Kongreßmitglieder, der oberste Beamte des Landkreises sowie die Zeitungsverleger; aber auch mancher Farmer hatte, mit seinem besten Sonntagsrock bekleidet, seinen geduldigen Gaul bestiegen. Es war ein festlicher Anblick – zumal zu Häupten der Festreiter viele Fahnen flatterten. Einige zeigten sogar prächtige Bildnisse des berühmten Staatsmannes und des erhabenen Angesichts am Berge – vertraulich wie Brüder schienen sie einander zuzulächeln. Durfte man diesen Bildern trauen – ja, dann war die Ähnlichkeit wirklich erstaunlich. Auch eine Musikkapelle war zugegen. Ihre Klänge ließen das Echo der Berge erschallen und den lauten Triumphgesang von allen Seiten widerhallen, so daß die leichtbeschwingten und herzergreifenden Weisen aus allen Höhen und Tiefen hervorzubrechen schienen – als hätte jeder Winkel des stillen Tales Leben bekommen, um den hohen Gast willkommen zu heißen. Der gewaltigste Eindruck aber entstand, als auch der ferne Steilhang die Klänge zurückwarf – denn nun war es, als habe das erhabene Angesicht der Berge selbst in den gewaltigen Triumphgesang mit eingestimmt, um zu bestätigen, daß nun – endlich – der Mann der Verheißung gekommen sei.

Immer noch warf die Menge ihre Hüte in die Luft und stimmte immer neue Hochrufe an. Die Begeisterung war von so mitreißender Gewalt, daß auch Ernst davon gepackt wurde. Er warf seinen Hut in die Luft und rief – so laut wie kaum ein anderer –: «Es lebe der berühmte Mann! Ein Hoch dem alten Felsengesicht!» Doch gesehen hatten seine Augen ihn noch nicht.

«Jetzt! Jetzt kommt er!» riefen die Leute, die Ernst zunächst standen. «Da! Da! Schaut euch das alte Felsengesicht nur an – und dann den alten Mann im Gebirge! Gleichen sie einander nicht wie Zwillingsbrüder?»

Inmitten dieses festlichen Getriebes erschien nun eine offene Kalesche, von vier Schimmeln gezogen. In der Kalesche saß – das mächtige Haupt entblößt – der berühmte Staatsmann, das Alte Felsengesicht höchstselbst.

«Gib es nur zu!» sagte einer der Nächststehenden zu Ernst. «Nun endlich hat das erhabene Angesicht doch seinesgleichen gefunden.»

Zugegeben – beim ersten flüchtigen Blick auf die Gestalt, die lächelnd aus der Kalesche heraus grüßte, glaubte auch Ernst zwischen deren Zügen und dem vertrauten Angesicht am Berghang eine Ähnlichkeit zu finden. Die ungewöhnlich hohe und breite Stirn – aber auch die übrigen Gesichtszüge waren in der Tat auffallend kühn und kraftvoll geschnitten, als wären sie einem mehr als heroischen, einem wahrhaft titanischen Antlitz nachgebildet. Die Erhabenheit und Würde jedoch, den ergreifenden Ausdruck göttlicher Liebe und Güte, die das große Steingesicht verklärten und seine schwerfällige Granitmasse zu beseelen schienen, suchte man hier vergebens. Irgend etwas schien von Anfang an gefehlt zu haben, oder es war verlorengegangen. Daher auch der stets müde und überdrüssige Ausdruck in den tiefliegenden Augen des gefeierten Staatsmannes – ganz wie bei einem Kinde, das über seine Spielsachen hinausgewachsen ist, oder bei einem Menschen mit hohen Fähigkeiten, der sich nur niedrige Ziele gesteckt hat, so daß sein Leben – allen vornehmen Aufgaben zum Trotz – nicht ausgefüllt ist und der klaren Linie entbehrt, weil kein hohes Ziel ihm Sinn und Richtung gibt.

Dennoch versuchte Ernsts Nachbar immer wieder, ihn zur Antwort zu drängen.

«Gib zu! Gib zu! Ist er nicht das ausgesprochene Ebenbild deines alten Mannes am Berg?»

«Nein!» erklärte Ernst ohne Umschweife. «Ich sehe nur wenig oder gar keine Ähnlichkeit.»

«Umso schlimmer für das erhabene Angesicht der Berge!» war des Nachbarn Antwort. Und wieder stimmte er einen Hochruf für das alte Felsengesicht an.

Betrübt und fast entmutigt wandte Ernst sich hinweg: denn das war für ihn die bitterste Enttäuschung – einen Mann zu sehen, in dessen Macht es gestanden hätte, die alte Weissagung zu erfüllen, der jedoch den Willen dazu nicht aufgebracht hatte.

Unterdessen war der ganze Festzug an Ernst vorübergezogen – Reiter, Fahnen und Musik, die Staatskalesche und dahinter die begeistert rufende Menge. Nur eine Staubwolke blieb zurück, die sich erst legen mußte, um das erhabene Angesicht der Berge wieder zum Vorschein kommen zu lassen – in der gleichen ehrfurchtgebietenden Größe, in der es seit Jahrtausenden schon droben stand.
«Schau her, Ernst! – Da bin ich!» – schienen die gütigen Lippen zu sagen. «Ich warte länger schon als du und werde des Wartens nicht müde. Zweifle nicht! Der Verheißene wird kommen.»
Weiter und weiter eilten die Jahre, in ihrer Hast einander auf den Fersen folgend. Langsam fingen sie an, weiße Haare mitzubringen und sie Ernst aufs Haupt zu streuen. Ehrwürdige Falten gruben sie in seine Stirn und Furchen in seine Wangen. Er war nun ein betagter Mann. Doch nicht umsonst hatte er so viele Jahre hinter sich gebracht. Zahlreicher noch als seine weißen Haare waren die weisen Gedanken, die sein Gemüt bewegten. Falten und Furchen waren die Inschrift der Zeit und die Zeichen, in denen er selbst Legenden der Weisheit niedergelegt hatte, deren Prüfstein die Erfahrungen eines langen Lebens waren.
Ernst blieb nicht länger unbekannt. Ohne sein Zutun – fast wider seinen Willen – war er berühmt geworden, wie so viele es vergeblich ersehnen. Sein Ruf war in die Welt gedrungen – weit über die Grenzen seines stillen Heimattals hinaus. Wissenschaftler und Gelehrte – ja, sogar die rührigen Männer aus Handel und Industrie kamen von weit

her, um Ernst aufzusuchen und sich mit ihm zu unterhalten, denn bis in andere Staaten war die Kunde gedrungen, daß dieser schlichte Landmann Gedanken hege, die von denen anderer Menschen abwichen – nicht aus Büchern entnommen, sondern von höherer Kraft beseelt. Von so ruhiger und ungezwungener Würde und Hoheit waren sie, als hätte Ernst mit Engeln Zwiesprache gehalten wie mit vertrauten Freunden. Ob es Gelehrte waren, die ihn besuchten – Staatsmänner oder Menschenfreunde – Ernst empfing sie alle mit der gleichen schlichten Offenherzigkeit, die ihm seit je zu eigen war. Unbefangen sprach er mit ihnen von allem Nächstliegenden oder von dem, was ihm selbst oder dem Besucher am meisten am Herzen lag. Mehr und mehr pflegte sich im Laufe des Gesprächs sein Gesicht zu verklären, bis es unversehens – gleich einem milden Abendlicht – auch den Besucher umfing. Nachdenklich von der Fülle eines solchen Gedankenaustausches nahmen die Gäste Abschied und setzten ihre Wanderung fort. Talaufwärts schreitend blieben sie oftmals stehen, um das erhabene Angesicht in den Bergen zu betrachten. Sie alle hatten das Gefühl, irgendwo schon einmal an einem Menschen den gleichen Gesichtsausdruck gesehen zu haben – nur wußten sie nicht sicher, wo. Während Ernst aufgewachsen und ein betagter Mann geworden war, hatte eine gütige Vorsehung der Welt einen begnadeten Dichter geschenkt. Auch er war ein Sohn des Tals, doch hatte er den größten Teil seines Lebens fernab von dieser romantischen Gegend verbracht. Inmitten von Lärm und Unrast großer Städte hatte er die schöne Musik seiner Dichtung gestaltet. Nicht selten jedoch ragten die Berge, die ihm als Kind so vertraut gewesen, mit ihren schneebedeckten Gipfeln in die reine Atmosphäre seiner Dichtung hinein. Auch das große Steingesicht am Berghang hatte er nicht vergessen und in einer Ode verherrlicht – so schön und so gewaltig, als wäre sie von den ehrfurchtgebietenden Lippen selbst geformt worden. Dieses Genie – so dürfen wir wohl ohne Übertreibung sagen – hatte der Himmel mit einer wunderbaren Begabung ausgestattet. Besang der Dichter einen Berg, so erstand er vor den Augen der Menschheit, bis zum höchsten Gipfel aufsteigend, in einer viel größeren Pracht und Schönheit seines Massivs, als er sie je zuvor besessen. War der Gegenstand seiner Dichtung ein lieblicher See, so verstand er den Schimmer eines himmlischen Lächelns darüber zu breiten, der die Fläche dann für immer verklärte. Sang er von der unermeßlichen Weite der uralten Meere, so war es, als nähmen kraft seiner ergreifenden Worte selbst die unergründlichen Maße der gefürchteten Untiefen noch gewaltigere Dimensionen an. So bekam die ganze Welt ein verklärtes Aussehen, seitdem die Augen des Dichters auf ihr ruhten. Ihn hatte der Schöpfer als Krönung seines Werkes erschaffen, als er die letzte Hand daran legte. Die Erschaffung der Welt schien unvollkommen, bis der Dichter erschien, sie zu deuten und so zu vollenden. Nicht weniger tief und ergreifend war die Wirkung, wenn Menschen Gegenstand seiner Dichtung waren. Männer und Frauen – durch die Not des All-

tags in den Staub gezogen – ebenso wie die Kinder, die am Wegrand spielten, verklärte er auf seine Weise, wenn sie ihm in einer Stunde dichterischer Schaffenskraft begegneten. Glied um Glied zeigte er die goldene Kette auf, die Menschen und himmlische Heerscharen umschlang. Die verborgenen Spuren himmlischer Herkunft wußte er aufzudekken, die erst die Menschheit der Gotteskindschaft würdig erscheinen ließ. Es gab sogar Menschen, die ihr gesundes Urteil zu beweisen glaubten, indem sie der Überzeugung Ausdruck gaben, daß Schönheit und Würde der Natur nur in des Dichters Phantasie begründet sei. Solche Menschen – von der Natur offensichtlich in einer Stunde verachtungsvoller Bitterkeit hervorgebracht – sprechen sich selbst ihr Urteil. Sie hat Natur aus jenen Abfällen gebildet, die nach Erschaffung der Schweine noch übrig waren. Wie dem auch sei – des Dichters Streben war nur tiefste Wahrheit.
Seine Dichtungen fanden auch den Weg zu Ernst. Er las sie abends, wenn er nach beendetem Tagewerk vor seiner Hütte saß – dort, wo er seit Jahrzehnten schon die Feierabendstunden zum Sinnen und Denken verwandte – in den Anblick des erhabenen Angesichts in den Bergen vertieft. Auch jetzt – während er Stanzen las, die sein Innerstes bewegten – blickte er hinauf zu dem gewaltigen Gesicht, das ihm so gütig zulächelte.
«O erhabener Freund», flüsterte er, «ist denn auch dieser Mann nicht würdig, dir zu gleichen?»
Das Antlitz schien zu lächeln, erwiderte jedoch kein Wort.

Nun traf es sich, daß der Dichter – obschon er in einer ganz anderen Gegend wohnte – von Ernsts Ruf erfuhr und so lange über dessen Persönlichkeit nachdachte, bis ihm nichts begehrenswerter erschien als eine Begegnung mit dem Manne, dessen ursprüngliche Weisheit mit der schlichten Lauterkeit seines Wesens in vollem Einklang stand.
An einem schönen Sommermorgen bestieg er den Zug, den er erst gegen Abend – nicht weit von Ernsts Hütte – wieder verließ. Dicht beim Bahnhof stand das vornehme Hotel, das einst Herrn Raffgolds Wohnung war. Der Dichter erkundigte sich auf der Stelle, wo Ernst wohnte. Er war entschlossen, sich als Gast in dessen Haus aufnehmen zu lassen. Als er sich der Hütte näherte, sah er den würdigen alten Mann vor der Tür sitzen. In der Hand hielt er ein Buch, zeitweise las er, dann wieder einen Finger zwischen die Seiten legend, blickte er hinauf zu dem erhabenen Angesicht in den Bergen.
«Guten Abend», sprach der Dichter, «könnt ihr einen Reisenden für eine Nacht beherbergen?»
«Mit Freuden», erwiderte Ernst – und lächelnd fügte er hinzu: «Mir deucht, noch nie sah ich das erhabene Angesicht der Berge auf einen Fremden so gastfreundlich herniederblicken.»
Der Dichter setzte sich zu ihm auf die Bank. Bald waren sie im Gespräch. Oft schon hatte der Dichter mit hervorragend geistreichen und klugen Männern Gedanken ausgetauscht – nie jedoch mit einem Mann, der seine Gedanken und Gefühle mit einer so natürlichen Offenherzigkeit hervorbrachte wie Ernst. Die höchsten Wahrheiten erschienen

vertraut und leicht faßbar durch die schlichte Einfalt seiner Worte. Wie schon gesagt – immer wieder war es, als hätten Engel ihm bei der Feldarbeit geholfen, Engel ihn auch daheim umgeben – und als habe er im vertrauten Umgang mit diesen Boten der Ewigkeit unmerklich die Erhabenheit ihrer Gedanken tief in sich aufgenommen, um sie dann in klare einfache Worte der Alltagssprache zu kleiden. So wenigstens empfand es der Dichter. Ernst hinwiederum bewegten und erfüllten die lebendigen Gestalten, die des Dichters Phantasie entsprangen und mit ihrer Anmut und Schönheit die Umgebung der Hütte zu beleben schienen – heiter und nachdenklich zugleich. Der Zusammenklang ihrer Herzen verlieh den beiden Männern eine tiefere Kraft der Erkenntnis, als sie jedem von ihnen allein erreichbar gewesen wäre. Ihr Denken und Empfinden war vollkommen aufeinander abgestimmt und ergab einen vollendeten Klang – den keiner von ihnen ganz als sein eigen hätte beanspruchen können – und von dem keiner von beiden anzugeben vermochte, wie weit er seinem eigenen Herzen entsprang und wie weit dem des andern. Es war vielmehr, als führe einer den andern in einen hohen Gedankentempel ein – einen weit abseits gelegenen und bisher so unbekannten Tempel, daß keines Menschen Fuß ihn je zuvor betreten hatte – und doch von so ergreifender Schönheit, daß beide Männer sehnlich wünschten, für immer dort verweilen zu dürfen.
Während Ernst des Dichters Worten lauschte, war ihm, als neige das erhabene Gesicht sich herab,

um sie gleichfalls zu vernehmen. Aufmerksam blickte er in die strahlenden Augen des Dichters.
«Und wer bist du, mein seltsam begnadeter Gast?» sprach er.
Der Dichter legte seine Hand auf den Gedichtband, in den Ernst vertieft war, als er kam.
«Du hast diese Gedichte gelesen», sprach er, «dann weißt du, wer ich bin, – denn ich war es, der sie schrieb.»
Und wiederum – forschender noch als zuvor – prüfte Ernst des Dichters Züge. Dann wandte er sich dem erhabenen Angesicht in den Bergen zu, sodann – Unsicherheit im Blick – wieder zu seinem Gast zurück. Über seine Züge glitt ein Schatten. Er schüttelte den Kopf und seufzte.
«Was betrübt dich?» fragte der Dichter.
«Ach», sprach Ernst, «mein ganzes Leben hindurch wartete ich auf die Erfüllung einer alten Weissagung – und als ich diese Gedichte las, da hoffte ich, in dir könne die alte Weissagung sich erfüllen.»
Mit leisem Lächeln erwiderte der Dichter: «Deine Hoffnung war, in mir das Ebenbild des großen Steingesichts zu finden. Doch ich muß dich enttäuschen – wie ehedem Herr Raffgold, der alte Donner und Doria und auch das Alte Felsengesicht. Ja, das ist mein Verhängnis, Ernst. Auch meinen Namen mußt du jenen der berühmten Drei hinzufügen und einen weiteren Fehlschlag deiner Hoffnungen verzeichnen. Denn – in Trauer und Beschämung sei es gesagt, Ernst – ich bin nicht wert, jenem gütigen und ehrfurchtgebietenden Angesicht dort oben gleichgestellt zu werden.»

«Und warum nicht?» sprach Ernst. Er wies auf den Gedichtband. «Sind nicht Gedanken von göttlicher Weisheit darin enthalten?»

«Nur ein Abglanz göttlicher Weisheit sind sie», erwiderte der Dichter. «Einen fernen Widerhall himmlischer Klänge magst du aus ihnen vernehmen. Und dennoch, Ernst, mein Leben hat nicht in Einklang mit meiner Dichtung gestanden. Wohl hatte ich erlesene Gedanken – doch Träume sind sie geblieben, weil ich mein Leben – noch dazu aus eigenem freien Willen – mit armseligen und niedrigen Dingen verbrachte. Manchmal – soll ich wirklich wagen, es auszusprechen? – manchmal fehlt mir der Glaube an alle Erhabenheit, Schönheit und Lauterkeit in Natur und Menschentum, die meine eigenen Worte offenbar gemacht haben sollen. Wie kannst darum du, der du so reinen Herzens nach allem Guten und Wahren strebst, in mir das Ebenbild göttlicher Weisheit und edeln Menschentums finden?»

Traurig sprach der Dichter. In seinen Augen standen Tränen. Nicht anders erging es Ernst.

Gegen Abend, – als schon die Sonne hinter die Berge sank – sollte Ernst, wie das seit Jahren seine Gewohnheit war, unter freiem Himmel zu den benachbarten Talbewohnern sprechen. Arm in Arm mit dem Dichter – tief ins Gespräch versunken – begab er sich zu dem stillen Winkel zwischen den Bergen.

Den Hintergrund bildete ein jäher Steilhang, dessen Schroffheit durch das bunte Laubwerk mannigfaltiger Kletterpflanzen überwuchert und angenehm gemildert wurde. Wie ein Wandbehang hingen die lebenden Ranken über die schroffen Kanten herab. Über einer kleinen Erhöhung sah man, von reichem Grün umrahmt, eine Wandvertiefung, deren Größe eben hinreichte, einer Menschengestalt Raum zu bieten und ihr die Gesten zu erlauben, die ganz spontan ernste Gedanken und die damit verbundene Gemütsbewegung begleiteten. Diese von der Natur geschaffene Kanzel bestieg nun Ernst. Mit einem Blick der Güte und des Vertrauens begrüßte er seine Zuhörer, die ringsumher standen, saßen oder im Gras lagen – ganz so, wie es einem jeden am meisten behagte. Die schräg einfallenden Strahlen der sinkenden Sonne verklärten mit ihrem gedämpften Licht eine feierliche Gruppe alter Bäume, zwischen und unter deren Zweigen her sie ihren Weg nehmen mußten. In entgegengesetzter Richtung leuchtete das erhabene Angesicht der Berge. Auch seine Züge waren von Freude und Feierlichkeit verklärt.

Nun begann Ernst zu sprechen. Er brachte vieles zum Ausdruck, was sein Innerstes bewegte. Seine Worte waren eindrucksvoll – weil sie mit seinen Gedanken übereinstimmten. Und die Gedanken waren echt und tief, weil sie wirklich in Einklang standen mit dem Leben, das er stets geführt hatte. Nicht leere Worte waren es, die er predigte – nein, Worte des Lebens – weil sie von einem Leben wahrer Liebe und guter Werke getragen wurden. Reine und kostbare Perlen der Liebe und Weisheit waren in seinen Gedankengang verwoben. Ergriffen lauschte der Dichter Ernsts Worten. Er fühlte, daß Ernsts Persönlichkeit und Wesensart eine edlere Dichtung waren als er selbst sie je geschaffen hatte.

In seinen Augen glänzten Tränen. Mit tiefer Ehrfurcht betrachtete er den verehrungswürdigen Mann. Nie zuvor hatte er einen Gesichtsausdruck gesehen, der eines Weisen und Propheten so würdig erschien, wie diese schönen, gütigen und gedankenvollen Züge. In der Ferne – hoch droben im goldenen Licht der untergehenden Sonne – doch deutlich erkennbar, leuchtete – von weißen Nebeln gekrönt – das erhabene Angesicht der Berge. Mit einem ergreifenden Ausdruck der Liebe und Güte schien es die ganze Welt zu umfassen. Im gleichen Augenblick nahm Ernsts Gesicht, im Einklang mit einem Gedanken, den er gerade aussprechen wollte, eine solche Erhabenheit des Ausdrucks an – ganz erfüllt von Liebe und Güte, daß der Dichter, einer unwiderstehlichen Eingebung folgend, seine Arme ausstreckte und rief:

«Seht nur! Seht! Ernst selbst ist das Ebenbild des erhabenen Angesichts in den Bergen.»

Alle sahen ihn an und erkannten, daß der tiefblickende Dichter die Wahrheit sprach.

Die alte Weissagung hatte ihre Erfüllung gefunden. Ernst jedoch, der alles gesagt hatte, was ihm am Herzen lag, nahm den Arm des Dichters. Langsam lenkten sie ihre Schritte heimwärts – Ernst immer noch beseelt von der Hoffnung, daß eines künftigen Tages der Verheißene erscheinen werde – weiser und gütiger als er selbst – würdig, mit dem großen Steingesicht verglichen zu werden.

Das Brandopfer der Erde

Einstmals – ob in der Vergangenheit oder Zukunft, hat wenig oder nichts zu besagen – hatte sich auf dieser weiten Welt abgenutzter Plunder in solcher Überfülle angesammelt, daß die Bewohner beschlossen, sich mittels eines großen Freudenfeuers von ihm zu befreien. Die Gegend, die man auf Anraten der Versicherungsgesellschaften dafür wählte und die genauso zentral gelegen war wie jeder andere Punkt auf dem Globus, war eine der ausgedehntesten Prärien des Westens, wo keine menschliche Ansiedlung durch die Flammen in Gefahr geriet und eine gewaltige Zuschauermenge die Darbietung ungestört bewundern konnte. Da ich für Schauspiele dieser Art etwas übrighabe und mir überdies einbildete, das Aufleuchten des Freudenfeuers könne irgendeine tiefe moralische Wahrheit enthüllen, die sich bisher in Nebel oder Dunkelheit verborgen hatte, richtete ich es so ein, daß ich hinfahren und anwesend sein konnte. Bei meinem Eintreffen hatte man an den Haufen des zum Verbrennen verurteilten Abfalls bereits Feuer gelegt, obwohl er noch verhältnismäßig klein war. Inmitten der grenzenlosen Ebene schimmerte in der Abenddämmerung gleich einem fernen Stern, der einsam am Firmament steht, nur ein einziger flakkernder Lichtschein, bei dessen Anblick niemand die mächtige Feuersglut voraussahnen konnte, die noch folgen sollte. Doch unablässig kamen von nah und fern Fußgänger herbei, Frauen mit aufgehaltenen Schürzen, Reiter, Schubkarren, schwerfällige Packwagen und andere große und kleine Fahrzeuge, alle beladen mit Dingen, die sich für nichts anderes mehr eigneten als fürs Verbrennen.

«Welches Material hat man verwendet, um das Feuer zu entzünden?» erkundigte ich mich bei einem der Umstehenden, denn ich wollte den ganzen Vorgang von Anfang bis Ende kennenlernen.

Die angesprochene Person war ein gesetzter Mann von etwa fünfzig Jahren, der offenbar als Zuschauer hergekommen war; er machte auf mich sofort den Eindruck, als ob er für sich den wahren Wert des Lebens und dessen Wechselfälle erwogen hätte und darum nur geringes persönliches Interesse für die Meinung aufbrächte, welche die Welt darüber hegte. Bevor er meine Frage beantwortete, blickte er mir beim Schein des flackernden Feuers ins Gesicht.

«Ach, irgend so ein sehr trockenes und leicht brennbares Zeug», versetzte er, «das sich für diesen Zweck hervorragend eignet – genaugenommen nichts anderes als Zeitungen von gestern, Zeitschriften vom letzten Monat und welkes Laub vom letzten Jahr. Da kommt gerade wieder ein Haufen alten Plunders, der Feuer fangen wird wie eine Handvoll Holzspäne.»

Bei diesen Worten näherten sich einige rauhe Männer dem Rand des Feuers und warfen, so schien es, den ganzen Abfall des Heroldsamtes hinein: kunstvoll gemalte Wappenschilde, die Helmzieren und Sinnbilder berühmter Familien, Stammbäume, die wie Lichterketten weit in den Nebel dunkler Zeiten zurückreichten, zusammen mit Ordenssternen, Hosenbändern und reichbestickten Kragen, die allesamt, sosehr sie auch dem ungeschulten Auge wie nutzloser Tand vorkamen, einst eine erhebliche Bedeutung besessen hatten und von den Verehrern der glorreichen Vergangenheit tatsächlich noch immer zu den wertvollsten moralischen oder materiellen Gütern gezählt wurden. In diesem wirren Haufen, von dem ein Armvoll nach dem anderen in die Flammen geworfen wurde, befanden sich zahllose Embleme von Ritterorden, darunter solche von allen europäischen Herrschern und Napoleons Kreuz der Ehrenlegion, dessen Bänder sich mit denen des alten St.-Ludwigs-Ordens verwickelten. Ins Feuer flogen auch die Medaillen unserer eigenen Gesellschaft der Cincinnati, mit deren Hilfe, wie uns die Geschichte berichtet, die Königsbezwinger der Revolution beinahe einen erblichen Ritterorden begründet hätten. Und daneben gab es die Adelspatente deutscher Grafen und Barone, spanischer Granden und englischer Peers, von der wurmzerfressenen Urkunde mit der Unterschrift Wilhelm des Eroberers bis hin zum funkelnagelneuen Pergament des letzten Lords, der seine Ehren aus Viktorias schöner Hand empfangen hatte.

Beim Anblick der dichten, von züngelnden Flammen durchzuckten Rauchsäulen, die aus diesem gewaltigen Scheiterhaufen irdischer Auszeichnungen hervorbrachen und emporwirbelten, stieß die Masse der plebejischen Zuschauer einen Freudenschrei aus und klatschte so lautstark in die Hände, daß das Himmelsgewölbe widerhallte. Das war für sie der Augenblick des nach langen Jahren errungenen Triumphs über Geschöpfe aus dem gleichen Staub und mit den gleichen moralischen Schwächen, die sich Vorrechte angemaßt hatten, welche nur den besseren Hervorbringungen des Himmels zustehen. Doch jetzt stürzte auf den lodernden Haufen ein grauhaariger Mann von gebieterischer Statur zu, der einen Rock trug, von dessen Brust augenscheinlich ein Ordensstern oder ein anderes Rangabzeichen gewaltsam abgerissen worden war. Sein Gesicht ließ nicht auf große geistige Fähigkeiten schließen; aber er hatte das Benehmen – die gewohnheitsmäßige und fast angeborene Würde – eines Mannes, der mit der Vorstellung der eigenen sozialen Überlegenheit aufgewachsen ist und bis zu diesem Augenblick noch nie erlebt hat, daß man sie in Frage stellt.

«Leute», rief er, indem er den Untergang dessen, was ihm das Teuerste war, mit Gram und Erstaunen, aber auch mit einer gewissen Größe anstarrte, «Leute, was habt ihr getan? Dieses Feuer verzehrt alles, was euch über die Barbarei erhebt oder verhindert, daß ihr wieder in sie zurücksinkt. Wir, die Vertreter der privilegierten Orden, haben über die Jahrhunderte hinweg den alten ritterlichen Geist lebendig erhalten, das vornehme und großmütige Denken, das höhere, das reinere, das kultiviertere und empfindsamere Leben! Mit dem Adel verwerft ihr auch den Dichter, den Maler, den Bildhauer – alle die schönen Künste; denn wir waren ihre Gönner und schufen die Atmosphäre, in der sie gediehen. Durch die Abschaffung der majestätischen Rangunterschiede verliert die Gesellschaft nicht nur ihre Anmut, sondern auch ihren festen Halt...»

Er hätte zweifellos noch mehr gesagt, doch da erhob sich ein ausgelassener, verachtungsvoller und empörter Aufschrei, der den Appell des gestürzten Edelmanns völlig ertränkte, so daß dieser mit einem verzweifelten Blick auf seine halb verkohlte Ahnentafel in die Menge zurückwich und froh war, sich hinter seiner soeben erworbenen Bedeutungslosigkeit verschanzen zu können.

«Er soll seinen Sternen danken, daß wir ihn nicht mit ins Feuer geworfen haben!» brüllte ein roher Kerl und versetzte der Glut einen verächtlichen Fußtritt. «Und fortan soll es keiner mehr wagen, ein verschimmeltes Stück Pergament vorzuweisen als Freibrief dafür, daß er seine Mitmenschen schikanieren darf! Wenn er einen starken Arm hat – schön und gut; das ist eine Form der Überlegenheit. Wenn er Geist, Klugheit, Mut, Charakterstärke besitzt, dann soll er sich mit diesen Eigenschaf-

ten durchsetzen, so gut er kann. Aber vom heutigen Tage an darf kein Sterblicher mehr auf Rang und Achtung hoffen, der bloß auf die vermoderten Gebeine seiner Vorfahren zählt! Mit diesem Unsinn ist jetzt Schluß!»
«Und gerade zur rechten Zeit», bemerkte der bedächtige Zuschauer neben mir – allerdings mit leiser Stimme, «sofern kein schlimmerer Unsinn an seine Stelle tritt. Aber in jedem Fall hat sich diese Art von Unsinn überlebt.»
Es war wenig Zeit, über die Asche dieses altehrwürdigen Abfalls nachzusinnen oder moralische Betrachtungen anzustellen; denn bevor er noch halb verbrannt war, näherte sich von jenseits des Ozeans eine neue Menschenmenge, welche die Purpurgewänder von Fürsten und die Kronen, Reichsäpfel und Zepter von Kaisern und Königen mit sich trugen. All diese Dinge waren als nutzloser Tand verworfen worden; sie eigneten sich allenfalls als Spielzeug für die Kindheit der Welt oder als Ruten, mit denen man sie in ihrer Unmündigkeit leiten und züchtigen konnte, aber eine voll erwachsene universale Menschheit nicht mehr beleidigen durfte. Diese königlichen Insignien waren einer solchen Verachtung anheimgefallen, daß die vergoldeten Kronen und Flitterroben des Königsdarstellers vom Drury-Lane-Theater gleichfalls auf den Haufen geworfen wurden, zweifellos in dem Bestreben, damit die königlichen Kollegen auf der großen Bühne der Welt zu verhöhnen. Es war ein seltsames Gefühl, die englischen Kronjuwelen wiederzuerkennen, die im Feuer glühten und funkelten. Einige

von ihnen stammten noch aus der Zeit der Sachsenfürsten; andere waren mit riesigen Steuersummen erworben oder vielleicht der toten Stirn hindustanischer Eingeborenenpotentaten entrissen worden; und alle zusammen verglühten nun mit einem blendenden Schein, als wäre ein Stern auf diese Stelle gefallen und in tausend Stücke zerplatzt. Der Glanz der untergegangenen Monarchien spiegelte sich nur noch in diesen unschätzbaren Edelsteinen. Doch genug davon! Es wäre ermüdend zu beschreiben, wie der Mantel des Kaisers von Österreich zu Asche wurde oder wie die Säulen und Pfeiler des französischen Throns sich in ein Häufchen Asche verwandelten, die sich nicht von der Asche irgendeines anderen Holzes unterscheiden ließ. Hinzufügen möchte ich jedoch noch, daß ich einen verbannten Polen bemerkte, der das Freudenfeuer mit dem Zepter des russischen Zaren schürte, das er hinterher in die Flammen schleuderte.

«Der Geruch versengter Kleider ist hier nicht zu ertragen», versetzte mein neuer Bekannter, als der Wind uns in den Rauch einer königlichen Garderobe einhüllte. «Entfernen wir uns aus dem Wind und sehen wir uns einmal an, was sie auf der anderen Seite des Feuers machen!»

Wir gingen also um das Feuer herum und kamen gerade rechtzeitig, um die Ankunft einer langen Prozession von Washingtonern – so nennen sich die Verfechter der Enthaltsamkeit heutzutage – mitzuerleben, die begleitet waren von Tausenden der irischen Anhänger Pater Mathews, welcher große Apostel ihren Zug anführte. Sie leisteten einen reichen Beitrag zum Freudenfeuer, der in nichts Geringerem bestand als sämtlichen Branntweintonnen und -fässern der Welt, welche sie über die Prärie vor sich her rollten.

«Und jetzt, meine Kinder», rief Pater Mathew, als sie den Rand des Feuers erreicht hatten, «nur noch einen einzigen Schub, und das Werk ist getan! Dann wollen wir zurücktreten und zuschauen, wie Satan mit seinem eigenen Branntwein verfährt!»

Also zog sich die Prozession, nachdem sie ihre hölzernen Behälter in Reichweite der Flammen abgestellt hatte, in eine sichere Entfernung zurück und sah zu, wie sie sehr bald in einer Lohe zerbarsten, die bis zu den Wolken emporschoß und den Himmel selbst in Brand zu stecken drohte. Und das hätte durchaus geschehen können. Denn hier war der Vorrat an geistigen Getränken aus der ganzen Welt vereint, und statt wie vormals ein irres Leuchten in den Augen des einzelnen Trinkers zu entzünden, stieg er nun mit einem sinnverwirrenden Feuerschein, der die gesamte Menschheit aufschreckte, in die Luft empor. Es war der Zusammenschluß all der wilden Feuer, die sonst die Herzen von Millionen versengt hätten. Unterdessen wurden unzählige Flaschen edlen Weins in die Glut geworfen, die den Inhalt verzehrte, als ob sie ihn liebte, und wie alle Trinker immer fröhlicher und hitziger wurde, je mehr sie trank. Nie wieder wird der unersättlich durstige Feuerteufel dergestalt verwöhnt werden! Hier kamen die Schätze berühmter Lebemänner zusammen – Spirituosen, die auf dem Ozean geschaukelt worden waren und in der Sonne heran-

reiften und lange im Innern der Erde lagerten – der blasse, der goldene, der rötliche Saft der vorzüglichsten Rebenhänge – die gesamte Tokajer Weinernte –, alle vereinigten sich zu einem einzigen Strom mit dem Fusel der ordinären Kneipen und bewirkten, daß die Flammen hoch emporschlugen. Und während sie wie ein riesenhafter Turm aufstiegen, der bis an das Gewölbe des Firmaments heranzureichen und sich im Licht der Sterne zu verlieren schien, johlte die Menge, als frohlocke das weite Erdenrund über seine Erlösung von einem uralten Fluch.
Doch die Freude war nicht allgemein. Viele befürchteten, das menschliche Leben werde düsterer sein als je zuvor, sobald das kurze Feuerwerk in sich zusammengesunken sei. Während die Reformer am Werk waren, vernahm ich die gemurmelten Proteste mehrerer ehrenwerter Herren mit roten Nasen und Gichtschuhen, und ein zerlumpter Ehrenmann, dessen Gesicht einem erloschenen Kaminfeuer glich, äußerte jetzt unverhohlener und kühner seine Unzufriedenheit.
«Wozu taugt denn diese Welt noch», sagte der treffliche Zecher, «wenn wir nie mehr fröhlich sein können? Womit soll sich der arme Mann in seinem Leid und Kummer trösten? Wie soll er sein Herz warmhalten vor den kalten Winden dieser freudlosen Erde? Und welchen Ersatz bietet ihr ihm für die Erquickung, die ihr ihm raubt? Wie sollen alte Freunde am Kamin beisammensitzen, wenn die Gläser nicht mehr lustig klingen? Die Pest hole eure Reform! Das ist eine traurige Welt, eine gemeine

Welt, in der sich für einen ehrlichen Kerl das Leben nicht mehr lohnt, nachdem die alte Gemütlichkeit für immer dahin ist!»

Diese Tirade löste bei den Umstehenden große Heiterkeit aus. Doch so albern die Ansicht auch war, ich konnte nicht umhin, Mitleid mit der aussichtslosen Lage des trefflichen Zechers zu empfinden, dessen Zechkumpane sich einer nach dem anderen davongeschlichen und den armen Kerl allein zurückgelassen hatten, ohne eine Menschenseele, die ihm beim Trinken zugeprostet hätte, ja ohne einen einzigen Schluck Branntwein. Das entsprach freilich nicht ganz dem wahren Sachverhalt; denn ich hatte ihn dabei beobachtet, wie er im entscheidenden Augenblick eine Flasche mit erstklassigem Brandy, die dem Feuer entgangen war, gestohlen und in die Tasche gesteckt hatte.

Nachdem die Reformer alle alkoholischen Getränke auf ihre Weise beseitigt hatten, trieb sie ihr Eifer als nächstes dazu an, das Feuer mit sämtlichen Teekisten und Kaffeesäcken der Welt anzuheizen. Und dann kamen die Pflanzer aus Virginia mit ihren Tabakernten. Als diese auf den Scheiterhaufen des Nutzlosen geworfen wurden, wuchs er zur Größe eines Berges an und erfüllte die Atmosphäre mit einem so mächtigen Geruch, daß ich glaubte, wir könnten nie mehr reine Luft atmen. Die Opferung dieses Krauts schien dessen Liebhaber mehr zu erregen als alle anderen, die sie bislang erlebt hatten.

«Nun ja, sie haben dafür gesorgt, daß meine Pfeife nicht mehr brennt», sagte ein alter Herr, indem er selbige verärgert in die Flammen warf. «Was soll noch aus dieser Welt werden? Alles Köstliche und Urwüchsige – die ganze Würze des Lebens – wird als unnütz verdammt. Wenn sich diese verrückten Reformer, nachdem sie das Feuer geschürt haben, jetzt selber hineinstürzten, wäre alles nur noch halb so schlimm!»

«Nur Geduld», versetzte ein standfester Konservativer, «am Ende kommt es noch so weit. Zuerst werden sie uns hineinschmeißen und zuletzt sich selber.»

Nach den allgemeinen und systematischen Reformmaßnahmen wandte ich mich nun den individuellen Beiträgen zu diesem denkwürdigen Freudenfeuer zu. In vielen Fällen hatten sie etwas sehr Belustigendes. Ein armer Teufel warf seinen leeren Geldbeutel hinein und ein anderer ein Päckchen gefälschter oder ungültig gewordener Banknoten. Elegante Damen übergaben den Flammen ihre Hüte der letzten Saison nebst Haufen von Bändern, gelben Spitzen und vielen anderen kaum getragenen Putzartikeln, die sich im Feuer als noch weniger haltbar erwiesen als in der Mode. Zahlreiche Liebesleute beiderlei Geschlechts – sitzengebliebene Jungfern oder Junggesellen sowie Ehepaare, die einander überdrüssig geworden waren – verbrannten bündelweise wohlriechende Liebesbriefe und verliebte Sonette. Ein Hintertreppenpolitiker, der durch den Verlust seines Amtes brotlos geworden war, warf sein Gebiß hinein, das allerdings künstlich war. Der hochwürdige Herr Sidney Smith – der eigens zu diesem Zweck den Atlantik überquert hatte – trat mit bitterem Lächeln an das Feuer heran und überantwortete ihm gewisse Schuldverschreibungen, die nicht eingelöst worden waren, obgleich sie das prächtige Siegel eines souveränen Staates trugen. Ein kleiner Junge von fünf Jahren warf im Bewußtsein seiner für diese Zeit typischen Frühreife seine Spielsachen hinein; ein Hochschulabsolvent sein Diplom; ein Apotheker, den die Ausbreitung der Homöopathie ruiniert hatte, seinen ganzen Vorrat an Drogen und Arzneien; ein Arzt seine Bibliothek; ein Pfarrer seine alten Predigten; und ein feiner Herr der alten Schule seinen Sittenkodex, den er einst zum Nutzen der nachfolgenden Generation verfaßt hatte. Eine Witwe, zu einer zweiten Ehe fest entschlossen, ließ schlauerweise das Miniaturporträt ihres ersten Mannes verschwinden. Ein junger Mann, der von seiner Geliebten einen Korb bekommen hatte, hätte am liebsten sein verzweifeltes Herz in die Flammen geschleudert, wenn er nur gewußt hätte, wie er es sich aus der Brust reißen sollte. Ein amerikanischer Schriftsteller, dessen Werke vom Publikum nicht beachtet wurden, warf Feder und Papier ins Feuer und widmete sich fortan einer weniger zermürbenden Tätigkeit. Ich bekam einen gelinden Schrecken, als ich mit anhörte, wie mehrere höchst respektierlich wirkende Damen den Vorschlag äußerten, ihre Kleider und Unterröcke den Flammen zu übergeben und die Tracht, zugleich aber auch die Manieren, Pflichten, Ämter und Verbindlichkeiten des anderen Geschlechts zu übernehmen. Welchen Vorteil sie sich von diesem Vorhaben

versprachen, vermag ich nicht zu sagen; denn meine Aufmerksamkeit wurde plötzlich auf ein armes, betrogenes und halb dem Wahnsinn verfallenes Mädchen gelenkt, das sich mit einem Aufschrei, es sei das wertloseste aller lebenden oder toten Geschöpfe, ins Feuer zu stürzen versuchte, inmitten des ganzen verdorbenen und zerbrochenen Plunders der Welt. Doch ein guter Mensch eilte herbei, sie zu retten.
«Geduld, mein armes Kind!» sagte er, als er sie der heftigen Umarmung des Engels der Zerstörung entriß. «Habe nur Geduld und füge dich in den Willen des Himmels. Solange du noch eine lebendige Seele hast, kann alles wieder so werden, wie es ursprünglich war. Diese materiellen Dinge, diese Erzeugnisse der menschlichen Phantasie, taugen nur noch zum Verbrennen, wenn ihre Zeit vorbei ist. Aber deine Zeit ist die Ewigkeit!»
«Ja», erwiderte das unglückliche Mädchen, dessen Raserei sich inzwischen in eine tiefe Niedergeschlagenheit verwandelt hatte, «ja – und die Sonne ist in ihnen erloschen.»
Unter den Zuschauern lief unterdessen das Gerücht um, alle Waffen und Kriegsmunition sollten ins Feuer geworfen werden, ausgenommen das gesamte Schießpulver der Welt, das man, weil dies die sicherste Methode sei, bereits im Meer versenkt habe. Bei dieser Kunde erhob sich ein großer Meinungsstreit. Der hoffnungsfrohe Menschenfreund erblickte darin ein Zeichen, daß das Zeitalter des Friedens angebrochen sei, wohingegen Leute anderen Schlages, nach deren Auffassung die

Menschheit ein Gezücht von Bulldoggen war, prophezeiten, daß die alte Mannhaftigkeit, Begeisterung, Vornehmheit, Großmütigkeit und Hochherzigkeit des Menschengeschlechts insgesamt verschwinden würden, weil diese Eigenschaften, so behaupteten sie, Blut als Nahrung verlangten. Sie trösteten sich jedoch mit der Überzeugung, daß die vorgeschlagene Abschaffung des Krieges auf die Dauer undurchführbar sei.

Wie dem auch sei, unzählige schwere Kanonen, deren Donner seit langem in der Schlacht den Ton angab – die Artillerie der Armada, der Belagerungstroß Marlboroughs und die gegnerischen Geschütze Napoleons und Wellingtons –, wurden mitten ins Feuer geschoben. Dank der ständigen Zufuhr trockenen Brennmaterials war es inzwischen so mächtig geworden, daß weder Bronze noch Eisen ihm zu widerstehen vermochten. Es war ein wundervoller Anblick, wie diese furchtbaren Mordinstrumente wie Wachsspielzeug dahinschmolzen. Dann zogen die Armeen der Erde, deren Musikkapellen Triumphmärsche spielten, um den Feuerofen herum und schleuderten ihre Musketen und Schwerter hinein. Die Bannerträger warfen noch einen Blick zu ihren Fahnentüchern hinauf, die allesamt von Kugeln durchlöchert und mit den Namen der siegreichen Schlachten bestickt waren, ließen sie noch ein letztes Mal im Wind flattern und senkten sie dann in die Flammen, die sie packten und zu den Wolken emporwirbelten. Als diese Zeremonie vorüber war, hielt die Welt keine einzige Waffe mehr in der Hand, abgesehen vielleicht von

ein paar alten königlichen Rüstungen und verrosteten Schwertern sowie anderen Trophäen der Revolution in unseren staatlichen Zeughäusern. Und nun wurden die Trommeln gerührt, und alle Trompeten schmetterten gemeinsam, als Vorspiel zur Proklamation des ewigen Weltfriedens und zu der Ankündigung, daß Ruhm nicht mehr durch Blut zu erringen sei, sondern daß der Wettstreit des Menschengeschlechts hinfort der Förderung des allgemeinen Wohls dienen solle und daß in den künftigen Annalen der Erde nicht mehr die Tapferkeit, sondern die Wohltätigkeit den Preis davontragen werde. Diese segensreiche Botschaft wurde entsprechend schnell verbreitet und löste bei jenen grenzenlosen Jubel aus, welche sich vor den Schrecken und der Sinnlosigkeit des Krieges entsetzt hatten.
Ich bemerkte indes, wie ein grimmiges Lächeln über das narbenbedeckte Gesicht eines würdevollen alten Heerführers huschte – seiner vom Krieg gezeichneten Gestalt und seiner reichen Uniform nach zu schließen, hätte er einer von Napoleons berühmten Marschällen sein können –, der soeben, wie das übrige Militär der Welt, seinen Degen weggeschleudert hatte, welcher ein halbes Jahrhundert lang seiner Rechten so vertraut gewesen war.
«Ja, ja», murrte er. «Laß sie nur verkünden, was sie wollen, aber am Ende werden wir feststellen, daß dieser ganze Unsinn den Waffenschmieden und Kanonengießereien nur mehr Arbeit einbringt!»
«Aber, Sir!» rief ich verwundert aus, «können Sie sich vorstellen, daß das Menschengeschlecht jemals

wieder in seinen früheren Wahnsinn verfällt und noch einmal Schwerter schmiedet und Kanonen gießt?»

«Das wird gar nicht nötig sein», bemerkte höhnisch lächelnd ein Mann, der Menschenfreundlichkeit weder kannte noch an sie glaubte. «Als Kain seinen Bruder erschlagen wollte, war eine Waffe schnell gefunden.»

«Wir werden ja sehen», versetzte der altgediente Heerführer. «Sollte ich mich geirrt haben, um so besser; doch nach meiner Ansicht – ohne daß ich mir anmaße, diesen Gegenstand philosophisch zu erörtern – hat die Notwendigkeit des Krieges viel tiefere Ursachen, als diese braven Leute annehmen. Wie? Wenn es einen Platz gibt, auf dem die Einzelmenschen ihre kleinen Streitereien austragen, soll es dann keinen großen Gerichtshof für die Regelung nationaler Probleme geben? Das Schlachtfeld ist das einzige Gericht, wo solche Auseinandersetzungen beigelegt werden können.»

«Sie vergessen, General», entgegnete ich, «daß auf dieser hohen Stufe der Zivilisation die Verbindung von Vernunft und Menschenliebe genau das Tribunal darstellt, das notwendig ist.»

«Ah, das hatte ich allerdings vergessen», sagte der alte Kriegsmann und hinkte davon.

Das Feuer sollte nun mit Gegenständen gespeist werden, denen man bis dahin eine noch größere Bedeutung für das Wohl der Gesellschaft beigemessen hatte als dem bereits verzehrten Kriegsgerät. Eine Abordnung von Reformern war um die ganze Erde gereist auf der Suche nach den Maschinen, mit denen die verschiedenen Nationen üblicherweise die Todesstrafe vollzogen. Ein Erschauern lief durch die Menge, als diese gräßlichen Geräte herbeigeschleppt wurden. Selbst die Flammen schienen zunächst zurückzuschrecken und enthüllten die Form und die mörderischen Vorrichtungen der einzelnen Geräte in ihrem hellen Feuerschein, was allein schon genügte, die Menschheit von dem langwährenden tödlichen Irrtum des Gerichtswesens zu überzeugen. Diese alten Instrumente der Grausamkeit – diese schrecklichen mechanischen Ungeheuer – diese Erfindungen, deren Verwirklichung offenbar etwas Schlimmeres voraussetzte als das natürliche Menschenherz und die, von grausigen Legenden umwoben, in den düsteren Winkeln alter Verliese auf der Lauer gelegen hatten – boten sich jetzt den Blicken dar. Henkersbeile, noch verkrustet von adligem und königlichem Blut, und eine riesige Sammlung von Stricken, mit denen man plebejischen Opfern den Atem abgeschnürt hatte, wanderten gemeinsam ins Feuer. Ein Aufschrei begrüßte die Ankunft der Guillotine, die auf denselben Rädern herangerollt wurde, welche sie einst in Paris von einer blutbesudelten Straße zur anderen befördert hatten. Aber der lauteste Beifallssturm erhob sich und verkündete dem fernen Himmel den Triumph der erlösten Erde, als der Galgen erschien. Ein übel aussehender Bursche stürzte jedoch vor und versuchte, indem er sich unter heiserem Geheul den Reformern in den Weg stellte, deren Vorhaben mit roher Gewalt zu behindern.

Es ist wohl nicht allzu verwunderlich, daß der Henker alles tat, um die Maschine zu schützen und zu retten, der er seinen Lebensunterhalt und edlere Menschen den Tod verdankten. Doch es verdient Beachtung, daß Menschen ganz anderer Herkunft – selbst die Angehörigen jener geheiligten Klasse, deren Obhut die Welt ihr Heil anzuvertrauen geneigt ist – die Auffassung des Henkers teilten.
«Haltet ein, meine Brüder!» rief einer von ihnen. «Ihr seid irregeleitet durch falsche Menschenliebe! Ihr wißt nicht, was ihr tut. Der Galgen ist ein Werkzeug, das dem Himmel dient. Tragt ihn also demütig zurück und richtet ihn an seinem alten Platz auf, damit die Welt nicht schon bald dem Untergang und der Verwüstung anheimfalle!»
«Weiter, weiter!» brüllte ein Anführer der Reformer. «In die Flammen mit dem verfluchten Instrument blutiger politischer Macht! Wie kann die menschliche Gesetzgebung Wohlwollen und Liebe heischen, wenn sie darauf beharrt, als ihr wichtigstes Symbol den Galgen zu errichten? Noch einen kräftigen Stoß, gute Freunde, und die Welt ist erlöst von ihrem größten Irrtum!»
Tausend Helfer, die sich nichtsdestoweniger vor der Berührung ekelten, packten jetzt mit an und stießen die unselige Last weit, weit hinein in die Mitte des tosenden Feuerofens. Dort bot sie nun ihr verhängnisvolles und verabscheuungswürdiges Bild den Blicken dar, zuerst schwarz, dann rot verkohlt und schließlich zu Asche geworden.
«Das war richtig!» rief ich aus.
«Ja, das war richtig», versetzte – jedoch mit weni-

ger Begeisterung, als ich erwartet hatte – der bedächtige Betrachter, der noch immer neben mir stand; «richtig, wenn die Welt für diesen Schritt gut genug wäre. Der Gedanke an den Tod läßt sich freilich nicht so leicht ausschalten im menschlichen Dasein, zwischen der Zeit der ursprünglichen Unschuld und jenem anderen Zustand der Reinheit und Vollkommenheit, den zu erreichen uns vielleicht bestimmt ist, nachdem wir unsere Lebensbahn durchmessen haben. Doch in jedem Fall ist es gut, daß man jetzt den Versuch unternimmt.»
«Zu nüchtern gesprochen! Viel zu nüchtern!» rief voller Ungeduld der hitzige junge Anführer des Triumphes. «Hier soll das Herz ebenso sprechen wie der Verstand. Und was die Reife – und was den Fortschritt angeht, so soll die Menschheit stets das tun, was sie zum gegebenen Zeitpunkt als das Höchste, Gütigste und Edelste erkannt hat; und dies kann gewiß nicht falsch sein oder zur falschen Zeit geschehen!»
Ich weiß nicht, ob es an der allgemeinen Erregung lag oder ob die guten Leute rings um das Freudenfeuer mit jedem Augenblick tatsächlich mehr erleuchtet wurden – jedenfalls ergriffen sie nun Maßnahmen, bei denen ich ihnen auf die Dauer kaum noch folgen konnte. So warfen beispielsweise einige ihre Heiratsurkunden in die Flammen und erklärten sich zu Anhängern einer höheren, heiligeren und umfassenderen Bindung, als es jene ist, die seit Anbeginn der Zeiten in Form des ehelichen Bandes bestanden hat. Andere begaben sich eilends in die Gewölbe der Banken und die Schatzkam-

mern der Reichen – die allesamt in dieser schicksalhaften Stunde dem ersten, der kam, offenstanden – und holten ganze Ballen Papiergeld, um die Glut zu entfachen, und Tonnen von Münzen, die in ihr dahinschmolzen. Hinfort, so sagten sie, solle die universale Nächstenliebe, ungemünzt und unerschöpflich, die goldene Währung der Welt sein. Bei dieser Botschaft erbleichten die Bankiers und die Börsenspekulanten, und ein Taschendieb, der in der Menschenmenge reiche Ernte gehalten hatte, fiel, vom Schlag getroffen, tot um. Einige Geschäftsleute verbrannten ihre Journale und Hauptbücher, die Quittungen und Schuldverschreibungen ihrer Gläubiger sowie alle übrigen Belege für die Außenstände, während eine wohl noch größere Gruppe ihren Reformeifer dadurch befriedigte, daß sie jede unangenehme Erinnerung an eigene Schulden hinopferte. Dann wurde der Ruf laut, es sei an der Zeit, die Grundbesitzurkunden den Flammen zu übergeben und alles Land der Erde der Allgemeinheit zurückzuerstatten, da man es ihr unrechtmäßig genommen und höchst ungleich an Einzelpersonen verteilt habe. Eine andere Partei forderte, daß alle geschriebenen Verfassungen, Regierungserklärungen, Rechtsvorschriften, Gesetzbücher und alles andere, dem menschliche Findigkeit ihre willkürlichen Gesetze aufzuprägen gewagt habe, sogleich vernichtet werden müßten, damit die vollkommene Welt so frei sei wie der Mensch bei seiner Erschaffung.

Ob diesen Vorschlägen entsprechende Taten folgten, weiß ich nicht; denn soeben bahnte sich etwas

an, was meine Anteilnahme unmittelbarer erregte.
«Seht! Seht! Was für Haufen von Büchern und Broschüren!» rief ein Kerl, der offenbar kein Literaturfreund war. «Jetzt werden wir ein prächtiges Feuerwerk erleben!»
«Das ist recht», sagte ein moderner Philosoph. «Jetzt befreien wir uns endlich von der Gedankenfracht der Toten, die bisher so schwer auf dem Verstand der Lebenden gelastet hat, daß er unfähig war, sich wirkungsvoll zu betätigen. So ist's recht, meine Freunde! Ins Feuer damit! Jetzt wird die Welt tatsächlich erleuchtet!»
«Aber was soll aus dem Handel werden?» schrie ein aufgebrachter Buchhändler.
«Oh, die Händler sollen ihre Waren auf jeden Fall begleiten», bemerkte ein Schriftsteller kühl. «Das gibt einen vornehmen Scheiterhaufen!»
Das Menschengeschlecht hatte mittlerweile wahrhaftig eine Entwicklungsstufe erreicht, die so weit über das hinausging, was die weisesten und geistreichsten Männer früherer Zeiten je erträumt hatten, daß es einfach absurd gewesen wäre, die Erde noch länger mit deren armseligen Hervorbringungen auf literarischem Gebiet zu belasten. Demgemäß hatte man die Buchhandlungen, die Bücherstände, die öffentlichen und privaten Bibliotheken und sogar die kleinen Bücherborde am ländlichen Kamin gründlich durchsucht und alles bedruckte Papier der Welt, ob gebunden oder ungebunden, herbeigeholt, damit unser ruhmreiches Freudenfeuer, das bereits so groß wie ein Berg war, noch höher anschwelle. Dickleibige Folianten, in denen

die mühselige Arbeit von Lexikographen, Kommentatoren und Enzyklopädisten steckte, versanken bleischwer in der Glut und verkohlten zu Asche wie morsches Holz. Die kleinen reichvergoldeten französischen Bücher des vorigen Jahrhunderts, unter ihnen die hundert Bände von Voltaire, verschwanden unter einem leuchtenden Funkenregen und kleinen Stichflammen, wohingegen die Gegenwartsliteratur derselben Nation mit rotem und blauem Schein verbrannte und die Gesichter der Zuschauer in ein infernalisches Licht tauchte, so daß sie alle wie gescheckte Teufel aussahen. Von einer Sammlung deutscher Erzählungen stieg ein schwefliger Gestank auf. Die englischen Klassiker gaben ein ausgezeichnetes Brennmaterial ab und wiesen die Eigenschaften solider Eichenholzscheite auf. Miltons Werke zumal warfen einen mächtigen Feuerschein und verwandelten sich allmählich in rote Kohle, die länger vorzuhalten schien als fast alle anderen Bestandteile des Scheiterhaufens. Shakespeare sandte eine Flamme von so wunderbarem Glanze empor, daß die Menschen die Augen beschatteten wie gegen die Strahlen der Mittagssonne; selbst als die Werke seiner Ausdeuter auf ihn fielen, hörte er nicht auf, aus dem hochgetürmten Haufen heraus ein sinnbetörendes Licht zu verbreiten. Es ist meine Überzeugung, daß er noch immer so hell leuchtet wie einstmals.

«Könnte ein Dichter doch eine Lampe an dieser herrlichen Flamme entzünden», bemerkte ich, «er würde dann sein mitternächtliches Öl zu einem guten Zweck verbrauchen.»

«Ebendies haben die modernen Dichter nur zu gern getan – oder wenigstens versucht», engegnete ein Kritiker. «Der größte Vorteil, den man von dieser Verbrennung alter Literatur erwarten kann, ist zweifellos der, daß die Schriftsteller fortan gezwungen sind, ihre Lampen an der Sonne oder an den Sternen zu entzünden.»

«Sofern sie so hoch hinaufreichen können», sagte ich. «Aber diese Aufgabe verlangt einen Riesen, der hinterher das Licht unter die kleinen Menschen verteilt. Nicht jeder kann das Feuer vom Himmel stehlen wie Prometheus; doch als dieser seine Tat vollbracht hatte, wurde das Feuer in tausend Herden entzündet.»

Ich beobachtete voller Staunen, wie wenig sich das Verhältnis zwischen dem Umfang des Werkes eines bestimmten Autors und der Leuchtkraft und Dauer der Verbrennung voraussagen ließ. So gab es zum Beispiel keinen einzigen Quartband aus dem letzten Jahrhundert – geschweige denn aus dem gegenwärtigen –, der es in diesem Punkt mit einem kleinen goldverzierten Kinderbuch, den «Melodien der Mutter Gans», hätte aufnehmen können. Das «Leben und Sterben des Tom Thumb» überdauerte die Biographie Marlboroughs. Ein Heldenepos – nein, gleich ein Dutzend davon – wurde zu weißer Asche, ehe noch das einzelne Blatt einer alten Ballade zur Hälfte verzehrt war. In mehr als einem Fall brachten dicke Bände mit hochgerühmten Versen nicht mehr zustande als erstickenden Qualm, während das unbeachtete Lied eines namenlosen Sängers, das vielleicht in der Ecke einer Zeitung stand, zu den Sternen emporschwebte, getragen von einer Flamme, die nicht weniger leuchtete als diese. Was die Eigenschaften der Flamme angeht, so schien mir Shelleys Dichtung ein reineres Licht auszusenden als nahezu alle anderen Werke seiner Zeit; es bildete einen schönen Gegensatz zu den unregelmäßigen und gespenstischen Strahlen und Rauchschwaden, die von den Bänden Lord Byrons hervorgingen und hochwirbelten. Und einige Gedichte von Tom Moore verbreiteten einen Duft wie von brennenden Räucherkerzen.

Mit besonderem Interesse beobachtete ich die Verbrennung amerikanischer Schriftsteller, und mit der Uhr in der Hand notierte ich mir, wie lange die meisten von ihnen brauchten, um sich aus schäbig gedruckten Büchern in gleichförmige Asche zu verwandeln. Es wäre allerdings gehässig, wenn nicht gefährlich, diese furchtbaren Geheimnisse zu verraten, so daß ich mich mit der Bemerkung begnüge, daß es nicht immer der am meisten beredete Autor war, der auf dem Scheiterhaufen den glänzendsten Eindruck machte. Im besonderen erinnere ich mich, daß sich ein schmaler Gedichtband von Ellery Channing als außerordentlich leicht entflammbar erwies, obwohl, die Wahrheit zu sagen, einzelne Partien auf sehr unangenehme Weise zischten und spuckten. Ein merkwürdiges Phänomen zeigte sich bei verschiedenen einheimischen und ausländischen Schriftstellern. Ihre Bücher gingen, obgleich sie höchst ansehnlich wirkten, nicht in Flammen auf oder schieden ihren Geist in schwelenden Rauch aus, sondern schmolzen plötzlich dahin, als ob sie aus Eis bestanden hätten. Falls es kein Mangel an Bescheidenheit ist, meine eigenen Werke zu erwähnen, so muß ich hier bekennen, daß ich mit väterlicher Anteilnahme nach ihnen Ausschau hielt, doch vergebens. Höchstwahrscheinlich werden sie sich beim ersten Ansturm der Glut in Rauch aufgelöst haben; bestenfalls kann ich hoffen, daß sie in ihrer stillen Art ein paar schimmernde Funken zu diesem abendlichen Schaugepränge beitrugen.

«Ach, wehe mir!» so bemitleidete sich ein bedrückt dreinschauender Mann mit einer grünen Brille. «Die Welt ist völlig zugrunde gerichtet, und es gibt nichts mehr, wofür sich zu leben lohnte! Mein Dasein hat seinen Sinn verloren. Weder für Geld noch für gute Worte kann man jetzt noch ein Buch bekommen!»

«Dies», bemerkte der gelassene Beobachter neben mir, «ist ein Bücherwurm – einer von denen, die dazu geboren sind, an toten Gedanken herumzunagen. Seine Kleider sind, wie Sie sehen, mit dem Staub der Bibliotheken bedeckt. Er hat keine innere Ideenquelle, und nachdem nun die alten Bestände vernichtet sind, kann ich mir beim besten Willen nicht vorstellen, was aus dem armen Kerl werden soll. Haben Sie kein Wort des Trostes für ihn?»

«Mein werter Herr», sagte ich zu dem verzweifelten Bücherwurm, «ist nicht die Natur besser als ein Buch? ist nicht das Menschenherz tiefgründiger als alle philosophischen Lehrmeinungen? ist nicht das Leben reicher an Wissen, als die Weltbetrachter der Vergangenheit in Maximen zu fassen vermochten?

Seien Sie guten Mutes! Das große Buch der Zeit liegt noch immer weit aufgeschlagen vor uns, und wenn wir es richtig lesen, wird es für uns zu einem Band voll ewiger Wahrheit.»

«O meine Bücher, meine Bücher, meine kostbaren gedruckten Bücher!» wiederholte der hilflose Bücherwurm. «Meine einzige Wirklichkeit war ein gebundenes Buch; und jetzt wollen sie mir nicht einmal mehr eine unscheinbare Broschüre lassen.»

Tatsächlich gingen soeben die letzten Überreste der Literatur aller Zeiten auf den flackernden Haufen nieder, und zwar in Gestalt eines Schauers von Broschüren aus den Druckerpressen der Neuen Welt. Auch sie wurden augenblicklich verzehrt, und zum erstenmal seit Kadmos' Tagen war die Welt frei von der Seuche des geschriebenen Worts – eine beneidenswerte Lage für die Schriftsteller der nächsten Generation!

«Nun – was bleibt jetzt noch zu tun?» fragte ich ein wenig beunruhigt. «Wenn wir nicht die Erde selbst in Brand stecken und uns dann mutig in den unendlichen Raum stürzen, können wir meines Erachtens die Reform nicht mehr weiter vorantreiben.»

«Sie irren sich gewaltig, guter Freund», sagte der Beobachter. «Glauben Sie mir, das Feuer wird nicht erlöschen, ehe man es mit einem Brennmaterial versorgt hat, das viele Menschen, die bis jetzt bereitwillig mitgemacht haben, erschrecken wird.»

Desungeachtet schien der Eifer für ein Weilchen nachzulassen, während die Anführer der Bewegung vermutlich überlegten, was sie als nächstes tun

sollten. In dieser Pause warf ein Philosoph seine Hypothese in die Flammen – ein Opfer, das von denen, die es zu würdigen verstanden, als das bedeutendste bezeichnet wurde, das bislang dargebracht worden war. Die Verbrennung war indes keineswegs beeindruckend. Einige Unermüdliche, die es verschmähten, sich auch nur einen Augenblick lang auszuruhen, sammelten inzwischen im Wald alle dürren Blätter und herabgefallenen Äste, die das Freudenfeuer höher emporlodern ließen als je zuvor. Doch das war nur eine Nebenhandlung.
«Da kommt das frische Brennmaterial, das ich gemeint habe», sagte mein Nebenmann.
Zu meinem Erstaunen trugen die Leute, die jetzt den leeren Platz rings um das berghohe Feuer betraten, Chorhemden und andere Priestergewänder, Mitren, Krummstäbe und allerlei papistische und protestantische Embleme, mit denen sie offensichtlich diese große Autodafé zu krönen gedachten. Kreuze von den Turmspitzen alter Kathedralen wurden so bedenkenlos auf den Scheiterhaufen geworfen, als hätten die Gläubigen vieler Jahrhunderte, die in langen Reihen an den hoch aufragenden Türmen vorübergezogen waren, nicht zu ihnen als den heiligsten Symbolen aufgeblickt. Die Taufbecken, in denen die Kinder Gott geweiht wurden, und die Abendmahlskelche, aus denen die Frommen den heiligen Trank empfangen hatten, fielen gleichfalls der Vernichtung anheim. Vielleicht am stärksten wurde mein Herz gerührt, als ich unter diesen geweihten Gegenständen Bruchstücke der schlichten Kommuniontische und schmucklosen

Kanzeln erkannte, die man aus den Bethäusern in Neu-England herausgebrochen hatte. Diesen einfachen Bauwerken hätte man gestatten sollen, ihren sakralen Zierat, den ihre puritanischen Gründer gestiftet haben, unversehrt zu behalten, auch wenn selbst der mächtige Bau von St. Peter seine geplünderten Schätze zu dem furchtbaren Brandopfer beitrug. Doch ich spürte, daß dies nur die Äußerlichkeiten der Religion waren, die am leichtesten von jenen Geistern, die ihre tiefe Bedeutung am besten kannten, aufgegeben werden konnten.
«Alles ist gut», sagte ich heiter. «Die Waldpfade sollen die Schiffe unserer Kathedrale sein – das Firmament selbst soll ihre Decke bilden! Wozu ist ein irdisches Dach zwischen der Gottheit und ihren Anbetern erforderlich? Unser Glaube kann es sich leisten, auf alle Dekorationen zu verzichten, mit denen ihn sogar die heiligsten Menschen umkleidet haben, und er wird in seiner Einfachheit nur um so erhabener dastehen.»
«Gewiß», sagte mein Gefährte. «Doch werden sie es dabei bewenden lassen?»
Der Zweifel, der in dieser Frage steckte, war wohl begründet. Bei der bereits beschriebenen allgemeinen Bücherverbrennung war ein heiliges Buch – das nicht zum Katalog der menschlichen Literatur gehörte und dennoch in einem bestimmten Sinne an seiner Spitze stand – verschont geblieben. Aber der Titan der Erneuerung – ein Engel oder Teufel, in seiner Doppelnatur zu Taten fähig, die beiden Charakteren wohl anstanden – schien nunmehr, nachdem er zunächst nur die alten und brüchigen

Formen zerschmettert hatte, seine furchtbare Hand an die Hauptpfeiler zu legen, die das gesamte Gebäude unseres moralischen und religiösen Systems trugen. Die Bewohner der Erde waren mittlerweile viel zu aufgeklärt, um ihren Glauben noch in starre Formeln zu fassen oder das Spirituelle durch irgendwelche Analogien zu unserer materiellen Existenz einzugrenzen. Wahrheiten, von denen einmal die Himmel erzitterten, waren jetzt nur noch Legenden von der Kindheit der Welt. Was blieb demnach als letztes Opfer menschlichen Irrens für diesen schrecklichen Scheiterhaufen noch übrig als jenes Buch, das in früheren Jahrhunderten als himmlische Offenbarung galt, für die gegenwärtige Menschheit aber nur noch eine Stimme aus einer niederen Sphäre war? So geschah es! Auf den lodernden Haufen der Irrtümer und der überlebten Wahrheiten – jener Dinge also, welche die Erde nie gebraucht hatte oder nicht mehr brauchte oder deren sie wie ein Kind überdrüssig geworden war – sank nun die schwere Kirchenbibel, das große alte Buch, das so lange auf dem Samtkissen der Kanzel gelegen und aus dem die feierliche Stimme des Pastors an so manchem Sabbat heilige Texte vorgetragen hatte. Genauso verfuhr man mit der Familienbibel, die der längst im Grabe ruhende Hausvater seinen Kindern in Freud und Leid, am Kamin und im sommerlichen Schatten der Bäume, vorgelesen hatte und die von einer Generation zur anderen weitervererbt worden war. Nicht anders erging es der kleinen Taschenbibel, dem Seelenfreund irgendeines leidgeprüften Erdenbürgers, der in einer standhaft ertragenen Prüfung auf Leben und Tod aus ihr Mut geschöpft hatte, im festen Glauben an die Unsterblichkeit.

Sie alle flogen in die wilde, rebellische Feuersglut; und dann raste mit verzweifeltem Geheul, das wie die empörte Klage der Erde über den Verlust des himmlischen Sonnenlichts klang, ein heftiger Sturm über die Ebene; und er schüttelte die gigantische Flammenpyramide und verstreute die Asche der halbverkohlten Greuel über die Zuschauer ringsum.

«Das ist entsetzlich!» sagte ich, und ich spürte, wie meine Wangen erbleichten, und sah, daß eine ähnliche Veränderung in den Gesichtern der Umstehenden vorging.

«Seien Sie dennoch guten Mutes», entgegnete der Mann, mit dem ich schon so oft gesprochen hatte. «Seien Sie guten Mutes – aber frohlocken Sie auch noch nicht allzusehr; denn die Wirkung dieses Freudenfeuers ist bei weitem nicht so gut oder schlimm, wie die Welt gerne glauben möchte.»

«Wie kann das zugehen?» rief ich ungeduldig. «Hat es nicht alles verzehrt? Hat es nicht alle irdischen oder göttlichen Attribute unseres Menschseins, die genügend Substanz besaßen, um den Flammen Nahrung zu bieten, verschlungen oder zum Schmelzen gebracht? Bleibt uns morgen früh noch etwas, was besser oder schlechter ist als ein Haufen Glut oder Asche?»

«Ganz gewißlich», sagte mein bedächtiger Freund. «Kommen Sie morgen früh hierher – oder dann, wenn die brennbaren Bestandteile des Scheiterhau-

fens völlig ausgebrannt sind –, und Sie werden in der Asche alles wirklich Wertvolle wiederfinden, das Sie haben ins Feuer fliegen sehen. Glauben Sie mir: die Welt von morgen wird sich mit dem Gold und den Edelsteinen bereichern, welche die Welt von heute weggeworfen hat. Keine einzige Wahrheit ist zerstört oder unter der Asche so tief begraben, als daß sie nicht schließlich wieder ausgescharrt werden würde.»
Das war eine merkwürdige Versicherung. Und doch war ich geneigt, sie zu glauben, als ich zwischen den lodernden Flammen ein Exemplar der Heiligen Schrift bemerkte, dessen Seiten nicht zu schwarzem Zunder geworden waren, sondern ein noch blendenderes Weiß annahmen, da nun die Fingerabdrücke der menschlichen Unvollkommenheit ausgetilgt waren. Randbemerkungen und Kommentare hielten freilich der Hitzeprobe nicht stand, aber nicht eine Silbe, die der Feder der Inspiration entflossen war, litt geringsten Schaden. «Ja – das ist der Beweis für das, was Sie gesagt haben», antwortete ich dem Beobachter. «Aber wenn nur das Böse die Macht des Feuers zu spüren bekommt, dann war ja die Verbrennung von unschätzbarem Nutzen. Ja, wenn ich es recht verstehe, so haben Sie ihre Zweifel, ob durch sie die Hoffnung auf eine bessere Welt erfüllt werden könne.»
«Hören Sie sich einmal an, was diese würdigen Herren reden», sagte er und zeigte auf eine Gruppe, die vor dem flackernden Scheiterhaufen stand. «Möglicherweise verraten sie Ihnen wider Willen etwas Wissenswertes.»

Die Personengruppe, auf die er deutete, bestand aus der brutalen und höchst erdverbundenen Gestalt, die sich so wütend zum Verteidiger des Galgens aufgeschwungen hatte – kurzum, aus dem Henker –, sowie dem letzten Dieb und dem letzten Mörder, die sich alle drei um den letzten Säufer geschart hatten. Der zuletzt Genannte ließ gerade großzügig die Branntweinflasche herumgehen, die er vor der allgemeinen Vernichtung der Weine und Spirituosen gerettet hatte. Diese kleine Gesellschaft schien auf der untersten Stufe der Niedergeschlagenheit angelangt zu sein; denn die drei dachten, daß die geläuterte Welt notwendigerweise ganz anders aussehen müsse als die Zustände, die sie bisher gekannt hatten, und deshalb nur ein sonderbarer und trübseliger Aufenthalt für Leute ihres Schlages sein könne.

«Das Beste, was ich uns allen raten kann, ist dies», meinte der Henker, «daß ich, sobald wir den letzten Tropfen Branntwein vertilgt haben, euch, meinen drei Freunden, am nächsten Baum zu einem gemütlichen Ende verhelfe und mich dann ebenfalls am selben Ast aufhänge. Diese Welt ist nichts mehr für unsereinen.»

«Na, na, meine guten Leute!» sagte ein dunkelhäutiger Mensch, der sich jetzt zu der Gruppe gesellte – sein Gesicht war in der Tat erschreckend dunkel, und seine Augen glühten röter als das Freudenfeuer. «Seid nicht so bedrückt, meine lieben Freunde; ihr werdet noch gute Tage erleben. Es gibt nämlich etwas, was diese Besserwisser vergessen haben ins Feuer zu werfen, und darum taugt die ganze Feu-

ersbrunst überhaupt nichts – ja, selbst wenn sie die Erde insgesamt zu Asche verbrannt hätten!»
«Und was könnte das sein?» fragte eifrig der letzte Mörder.
«Nun denn, nichts anderes als das menschliche Herz!» erwiderte der dunkelgesichtige Fremdling mit einem unheilverkündenden Grinsen. «Und wenn ihnen keine Methode einfällt, diese üble Höhle zu läutern, dann werden aus ihr abermals alle Formen des Unrechts und Elends hervorgehen – die gleichen alten Formen, vielleicht gar noch schlimmere –, die sie heute mit so gewaltigem Aufwand in Asche verwandelt haben. Ich habe die ganze lange Nacht dabeigestanden und mir ins Fäustchen gelacht, während ich ihnen bei der Arbeit zuschaute. Ja, ich gebe euch mein Wort darauf, daß die Welt dennoch die alte bleibt!»
Dieses kurze Gespräch gab mir reichlich Stoff zum Nachdenken. Welch traurige Wahrheit – falls es denn eine Wahrheit war –, daß das uralte Streben des Menschen nach Vollkommenheit lediglich dazu gedient haben sollte, ihn dem Spott des bösen Prinzips auszusetzen, nur weil an der eigentlichen Wurzel des Ganzen ein verhängnisvoller Irrtum geschehen war! Das Herz – das Herz: dies war der kleine, doch grenzenlose Raum, in dem das Urübel steckte, von dem das Verbrechen und Elend der äußeren Welt bloße Ausprägungen waren. Wird dieser innere Raum geläutert, so werden sich die vielen Formen des Bösen, welche die Außenwelt heimsuchen und uns heute fast als unsere einzige Wirklichkeit erscheinen, in schattenhafte Phanto-

me verwandeln und von selber verschwinden. Doch wenn wir nicht tiefer eindringen als unser Verstand und nur mit diesem schwachen Instrument das Böse zu erkennen und zu überwinden trachten, wird unser ganzes Vorhaben nur ein so wesenloser Traum bleiben, daß es wenig bedeutet, ob das Freudenfeuer, das ich so getreulich beschrieben habe, etwas war, was wir gerne als eine wahre Begebenheit bezeichnen, also eine Flamme, an der man sich die Finger verbrennen kann – oder nur ein phosphorisches Aufleuchten und ein Gleichnis, das ich mir ausgedacht habe!

Mr. Higginbothams Katastrophe

Ein junger Bursche, seines Zeichens ambulanter Tabakhändler, war auf dem Weg von Morristown, wo er vor allem den Diakon der Shaker-Gemeinde beliefert hatte, zum Dorf Parker's Falls am Salmon River. Er besaß einen schmucken, grün gestrichenen kleinen Karren, dem auf beiden Seiten eine Zigarrenkiste und auf der Rückwand ein Indianerhäuptling aufgemalt war, der eine Pfeife und einen goldenen Tabakstengel in Händen hielt. Der Händler hatte eine muntere kleine Stute vorgespannt und war ein junger Mann von ausgezeichnetem Charakter, sehr geschäftstüchtig, aber darum nicht weniger beliebt bei den Yankees, die, wie ich sie habe sagen hören, sich lieber mit einer scharfen als einer stumpfen Klinge rasieren lassen. Doch am meisten liebten ihn die hübschen Mädchen am Connecticut, deren Gunst er sich dadurch erwarb, daß er ihnen stets etwas von seinem besten Rauchtabak schenkte, denn er wußte sehr wohl, daß die Landmädchen in Neu-England durchweg mit der Pfeife recht gut umzugehen verstehen. Überdies war der Händler, wie sich im Verlauf meiner Geschichte zeigen wird, ein neugieriger Mensch und so etwas wie eine Klatschbase, immer erpicht darauf, das Neueste zu erfahren und sogleich weiterzuerzählen.

Nach einem zeitigen Frühstück in Morristown hatte der Tabakhändler Dominicus Pike bereits sieben Meilen in einer einsamen Waldgegend zurückgelegt, ohne ein Wort mit irgend jemandem außer mit sich selber und seiner kleinen grauen Stute zu sprechen. Da es fast sieben Uhr war, hatte er ebenso große Lust auf ein Morgenschwätzchen wie ein städtischer Ladenbesitzer auf die Lektüre der Morgenzeitung. Eine Gelegenheit schien sich ihm zu bieten, als er, nachdem er sich mit einem Brennglas eine Zigarre angezündet hatte, wieder aufblickte und einen Mann über den Kamm des Hügels kommen sah, an dessen Fuß er seinen grünen Karren angehalten hatte. Dominicus blickte dem Herabsteigenden entgegen und bemerkte, daß er ein Bündel, das an einem Stock festgebunden war, auf dem Rücken trug und mit müden, wenngleich entschlossenen Schritten einherging. Er machte den Eindruck, als wäre er nicht erst in der Morgenfrische aufgebrochen, sondern die ganze Nacht hindurch gewandert, und als wollte er seinen Weg auch den ganzen Tag über fortsetzen.

«Guten Morgen, Mister», rief Dominicus, als der Fremdling in Hörweite war. «Sie schreiten ja tüchtig aus. Was gibt's Neues in Parker's Falls?»

Der Mann zog die breite Krempe seines grauen Hutes über die Augen und erwiderte ziemlich grämlich, er komme nicht aus Parker's Falls, welches Dorf der Hausierer natürlicherweise in seiner Frage erwähnt hatte, weil es sein Tagesziel war.
«Nun denn», fuhr Dominicus Pike fort, «so erzählen Sie mir eben das Neueste von dort, wo Sie herkommen. Ich bin nicht besonders scharf auf Parker's Falls. Jeder andere Ort tut's auch.»
Der dergestalt bedrängte Wanderer – ein so übel aussehender Kerl, wie man ihm am liebsten in einem einsamen Wald nicht begegnen möchte – schien ein wenig zu zögern, als durchforsche er sein Gedächtnis nach Neuigkeiten oder als überlege er, ob es ratsam sei, sie zu berichten. Schließlich stieg er auf die Trittstufe des Karrens und flüsterte Dominicus etwas ins Ohr, obgleich er ebensogut hätte brüllen können, denn kein Sterblicher hätte ihn gehört.
«Mir fällt tatsächlich eine ganz kleine Neuigkeit ein», sagte er. «Der alte Mr. Higginbotham aus Kimballton ist gestern abend um acht Uhr in seinem Obstgarten von einem Iren und einem Nigger ermordet worden. Sie haben ihn am Ast eines Sankt-Michaels-Birnbaums aufgehängt, wo man ihn erst am Morgen finden wird.»
Sobald der Fremdling diese grausige Nachricht verkündet hatte, machte er sich wieder auf den Weg, und zwar schneller als zuvor, und er wandte nicht einmal den Kopf um, als Dominicus ihn einlud, sich eine spanische Zigarre anzustecken und ihm sämtliche Einzelheiten zu erzählen. Der

Hausierer pfiff seiner Stute und fuhr den Hang hinauf, während er über das traurige Schicksal von Mr. Higginbotham nachdachte, der zu seinen Kunden zählte und dem er manches Bündel Neuner-Zigarren sowie große Mengen Kau-, Roll- und Feigentabak verkauft hatte. Er fand es jedoch einigermaßen verwunderlich, wie schnell sich die Nachricht verbreitet hatte. Kimballton lag in Luftlinie fast sechzig Meilen entfernt, der Mord war erst am vorhergehenden Abend um acht Uhr geschehen, und dennoch hatte Dominicus bereits um sieben am Morgen davon erfahren, zu einer Stunde, in der die Familie des armen Mr. Higginbotham höchstwahrscheinlich erst dessen Leiche im Sankt-Michaels-Birnbaum entdecken würde. Der fremde Wandersmann mußte Sieben-Meilen-Stiefel angehabt haben, wenn er die Strecke so schnell geschafft hatte.

«Schlimme Nachrichten fliegen wie der Wind, heißt es», dachte Dominicus Pike, «aber diese war schneller als die Eisenbahn. Der Kerl sollte sich als Eilkurier des Präsidenten anstellen lassen.»

Die Schwierigkeit wurde durch die Annahme behoben, daß sich der Erzähler beim Datum des Ereignisses um einen Tag geirrt habe; unser Freund hatte also keine Bedenken, die Geschichte in jeder Kneipe und in jedem Laden an der Straße bekanntzugeben, wobei er mindestens zwanzig entsetzte Zuhörergruppen mit einem ganzen Bündel spanischer Deckblattzigarren traktierte. Er stellt jedesmal fest, daß er die Nachricht als erster überbrachte, und man setzte ihm mit Fragen dermaßen zu, daß er sich gezwungen sah, die Umrisse auszufüllen, bis daraus ein recht ansehnlicher Bericht wurde. Eine bestätigende Aussage kam ihm zu Hilfe. Mr. Higginbotham war Geschäftsmann, und ein Schreiber, der ehemals bei ihm gearbeitet hatte und dem Dominicus die Tatsachen mitteilte, bezeugte, daß sich der alte Herr gewöhnlich bei Einbruch der Dunkelheit durch den Obstgarten heimbegab und dabei das Geld und wichtige Papiere aus dem Geschäft bei sich trug. Der Schreiber war über das Unglück, das Mr. Higginbotham zugestoßen war, nicht sonderlich betrübt und deutete an – was auch dem Hausierer beim Umgang mit dem alten Herrn schon aufgefallen war –, daß er ein alter Griesgram sei, so unnachgiebig wie ein Schraubstock. Seinen Besitz werde eine hübsche Nichte erben, die in der Schule von Kimballton tätig sei.

Mit der Verbreitung der Neuigkeiten zum Wohle der Allgemeinheit und mit der Abwicklung von Geschäften zu seinem eigenen hatte sich Dominicus unterwegs so lange aufgehalten, daß er beschloß, fünf Meilen vor Parker's Falls in einem Gasthaus zu übernachten. Als er sich nach dem Abendessen eine seiner besten Zigarren angezündet hatte, nahm er im Schankzimmer Platz und erzählte noch einmal seine Mordgeschichte, deren Umfang so rasch angewachsen war, daß er dazu eine halbe Stunde brauchte. Es befanden sich zwanzig Leute in dem Raum, von denen neunzehn das Ganze für bare Münze nahmen. Der zwanzigste war indes ein älterer Farmer, der erst vor kurzem zu Pferde angekommen war und jetzt pfeiferauchend in einer

Ecke saß. Als die Geschichte zu Ende war, erhob er sich ostentativ, schob seinen Stuhl dicht an Dominicus heran und starrte ihm voll ins Gesicht, wobei er den übelsten Tabakrauch ausstieß, den der Hausierer je gerochen hatte.
«Sind Sie bereit zu beschwören», forderte er im Ton eines Landrichters beim Verhör, «daß der alte Herr Higginbotham aus Kimballton vorgestern abend in seinem Obstgarten ermordet und gestern morgen in seinem großen Birnbaum erhängt aufgefunden worden ist?»
«Ich erzähle die Geschichte so, wie ich sie gehört habe, Mister», antwortete Dominicus und ließ seine halb aufgerauchte Zigarre fallen; «ich behaupte nicht, ich hätte die Tat beobachtet. Deshalb kann ich keinen Eid darauf schwören, daß er genau auf diese Weise umgebracht wurde.»
«Doch ich kann meinerseits beeiden», sagte der Farmer, «daß ich, wenn Mr. Higginbotham vorgestern abend ermordet worden ist, heute morgen mit seinem Geist einen Magenbitter getrunken habe. Weil ich sein Nachbar bin, rief er mich in seinen Laden, als ich gerade vorbeiritt, schenkte mir einen ein und fragte mich dann, ob ich für ihn unterwegs eine Kleinigkeit erledigen könnte. Offenbar wußte er von seiner Ermordung nicht mehr als ich.»
«Nun, dann kann es nicht stimmen!» rief Dominicus Pike aus.
«Ich nehme an, er hätte es erwähnt, wenn es gestimmt hätte», sagte der alte Farmer; und er schob seinen Stuhl wieder in die Ecke und überließ Dominicus seiner Verwirrung.

Das war also die traurige Auferstehung des alten Mr. Higginbotham! Der Hausierer hatte nicht den Mut, sich weiter an der Unterhaltung zu beteiligen, sondern tröstete sich mit einem Glas Gin mit Sodawasser und legte sich dann ins Bett, in dem er die ganze Nacht von der Erhängung im Sankt-Michaels-Birnbaum träumte. Um dem alten Farmer auszuweichen (den er so haßte, daß er ihn lieber hätte hängen sehen als Mr. Higginbotham), stand er in aller Herrgottsfrühe auf, spannte die kleine Stute vor den grünen Karren und machte sich eiligst auf den Weg nach Parker's Falls. Die frische Brise, die taufeuchte Straße und der liebliche Sommermorgen belebten seine Lebensgeister wieder und hätten ihn vielleicht sogar ermutigt, die alte Geschichte noch einmal zu erzählen, wenn nur schon jemand wach gewesen wäre, um sie zu vernehmen. Aber er begegnete keinem Ochsengespann, keinem Wagen, keiner Kutsche, keinem Reiter oder Fußgänger, bis er, als er gerade den Salmon River überquerte, einen Mann erblickte, der auf die Brücke zu trottete und an einem Stock ein Bündel über den Rücken trug.

«Guten Morgen, Mister!» rief der Hausierer und zügelte seine Stute. «Wenn Sie aus dieser Gegend kommen, können Sie mir dann vielleicht sagen, was an der Sache mit dem alten Mr. Higginbotham dran ist? Ist der Alte tatsächlich vor zwei oder drei Tagen ermordet worden, und zwar von einem Iren und einem Nigger?»

Da Dominicus so überhastet gesprochen hatte, war ihm zunächst entgangen, daß der Fremde selber

Negerblut in den Adern hatte. Bei dieser Frage, die so unverhofft an ihn gerichtet wurde, schien er seine Farbe zu wechseln; seine gelbliche Tönung verwandelte sich in ein schauriges Weiß, während er zitternd und stammelnd folgende Antwort gab: «Nein! Nein! Da war kein Farbiger dabei! Es war ein Ire, der ihn gestern abend um acht Uhr aufgehängt hat. Ich bin dort um sieben vorbeigekommen. Seine Leute haben bestimmt noch nicht im Obstgarten nach ihm gesucht.»
Kaum hatte der gelbhäutige Mann das gesagt, als er jäh innehielt und ungeachtet seiner offensichtlichen Müdigkeit so schnell weiterging, daß die Stute des Hausierers einen flotten Trab hätte anschlagen müssen, um mit ihm Schritt zu halten. Dominicus starrte ihm sehr verdutzt nach. Wenn der Mord erst am Dienstagabend geschehen war, wer war dann jener Prophet, der ihn in allen Einzelheiten schon am Dienstagmorgen vorhergesagt hatte? Wenn Mr. Higginbothams Leiche von den Angehörigen noch nicht entdeckt worden war, wie konnte dann der Mulatte ungefähr dreißig Meilen vom Tatort entfernt wissen, daß jemand im Obstgarten hing, zumal er Kimballton schon verlassen haben mußte, bevor man den unglücklichen Mann überhaupt aufgehängt hatte? Angesichts dieser nicht zusammenpassenden Umstände und der mit Entsetzen gepaarten Überraschung des Fremden war Dominicus versucht, Zeter und Mordio hinter ihm her zu schreien, da er ein Komplize des Mörders sein mußte; denn daß ein Mord passiert war, war offenkundig nicht zu bezweifeln.

«Laß doch den armen Teufel laufen», dachte der Hausierer. «Ich möchte nicht, daß sein schwarzes Blut über mich kommt; und wenn man den Nigger aufhängt, macht man den Mord an Mr. Higginbotham nicht ungeschehen. Den Mord an dem alten Herrn ungeschehen machen! Es ist eine Sünde, ich weiß; aber mir wäre es sehr unangenehm, wenn er ein zweites Mal zum Leben erwachen und mich Lügen strafen sollte!»
Unter derlei Überlegungen fuhr Dominicus Pike in die Hauptstraße von Parker's Falls ein, das, wie jedermann weiß, eine so blühende Gemeinde ist, wie es drei Baumwollfabriken und ein Egrenierwerk gestatten. Die Maschinen standen noch still, und erst einige wenige Ladentüren waren offen, als er im Hof des Gasthauses von seinem Karren stieg und als erstes dafür sorgte, daß die Stute vier Quart Hafer bekam. Seine zweite Pflicht bestand selbstverständlich darin, dem Wirt von Mr. Higginbothams Katastrophe zu berichten. Er hielt es jedoch für angezeigt, sich hinsichtlich des Datums der schauerlichen Tat nicht zu genau festzulegen und es auch offenzulassen, ob sie von einem Iren und einem Mulatten oder einem Sohn Erins allein verübt worden war. Bei seiner Geschichte berief er sich weder auf seine eigene Augenzeugenschaft noch auf die irgendeiner anderen Person, sondern er stellte sie so dar, als handle es sich um ein allenthalben umgehendes Gerücht.
Die Kunde breitete sich im Städtchen so geschwind aus wie ein Feuer unter abgestorbenen Bäumen und war bald ein so allgemeines Tagesgespräch, daß

niemand mehr sagen konnte, wo sie ihren Ursprung genommen hatte. Mr. Higginbotham war in Parker's Falls genauso wohlbekannt wie jeder einheimische Bürger, denn er war Teilhaber des Egrenierwerks und besaß stattliche Aktienpakete der Baumwollfabriken. Die Bewohner spürten, daß ihr eigener Wohlstand mit seinem Geschick verknüpft war. So groß war die Aufregung, daß die «Parker's Falls Gazette» ihren regulären Erscheinungstermin um einen Tag vorverlegte und mit einer halb leeren Sondernummer herauskam, die nur eine mit Versalien durchsetzte Spalte in zwei Cicero großen Lettern enthielt, deren Schlagzeile lautete: Gräßlicher Mord an Mr. Higginbotham! Neben anderen schrecklichen Einzelheiten beschrieb der Bericht die Abdrücke des Seils am Hals des Toten und bezifferte die geraubte Summe auf tausend Dollar; mit rührenden Worten wurde auch des Kummers der Nichte gedacht, die von einer Ohnmacht in die andere gefallen sei, nachdem man ihren Onkel mit nach außen gekehrten Taschen erhängt am Sankt-Michaels-Birnbaum entdeckt habe. Der Dorfpoet besang das Leid der jungen Dame gleichermaßen in einer Ballade von siebzehn Strophen. Der Magistrat berief eine Versammlung ein und beschloß in Anbetracht von Mr. Higginbothams Verdiensten um die Stadt, Flugblätter herauszugeben, auf denen für die Festnahme der Mörder und die Wiederbeschaffung des gestohlenen Eigentums eine Belohnung von fünfhundert Dollar ausgesetzt war. Unterdessen strömte die gesamte Einwohnerschaft von Parker's Falls, Ladenbesitzer, Pensionswirtinnen, Fabrikmädchen, Baumwollarbeiter und Schuljungen, hinaus auf die Straße und unterhielt sich so lautstark, daß das Schweigen der Baumwollmaschinen, die aus Ehrfurcht vor dem Dahingeschiedenen ihr übliches Getöse eingestellt hatten, mehr als ausgeglichen wurde. Hätte sich Mr. Higginbotham etwas aus postumem Ruhm gemacht, so hätte sein zur Unzeit abberufener Geist seine helle Freude an diesem Trubel haben müssen. Unser Freund Dominicus vergaß in der Eitelkeit seines Herzens alle vorbedachte Vorsicht, und indem er auf den Stadtbrunnen stieg, bezeichnete er sich als den Überbringer der wahrheitsgetreuen Kunde, die eine so wunderbare Gefühlsregung bewirkt hatte. Er wurde auf der Stelle als der Mann der Stunde gefeiert und hatte soeben damit begonnen, mit der Stimme eines Feldpredigers eine neue Version seiner Geschichte zu erzählen, als die Postkutsche in die Hauptstraße einbog. Sie war die ganze Nacht hindurch unterwegs gewesen und mußte um drei Uhr morgens in Kimballton die Pferde gewechselt haben.

«Nun werden wir alles ganz genau erfahren», rief die Menge. Die Kutsche rumpelte auf den Vorplatz des Gasthauses, gefolgt von tausend Menschen; denn wenn bis dahin noch irgendeiner seinen Geschäften nachgegangen war, so ließ er sie nun Hals über Kopf im Stich, um die Neuigkeiten zu hören. Der Hausierer, der das Rennen anführte, erblickte zwei Passagiere, die beide aus einem gemütlichen Schläfchen aufgeschreckt worden waren und sich plötzlich von einer Menschenmenge umringt sahen.

Als alle sie mit den verschiedensten Fragen bestürmten und alle gleichzeitig in sie drangen, verschlug es den beiden die Sprache, obwohl der eine ein Anwalt und die andere eine junge Dame waren. «Mr. Higginbotham! Mr. Higginbotham! Erzählen Sie uns alles über den alten Mr. Higginbotham!» schrie die Menge. «Was hat der Leichenbeschauer festgestellt? Hat man die Mörder gefaßt? Ist Mr. Higginbothams Nichte aus ihrer Ohnmacht erwacht? Mr. Higginbotham! Mr. Higginbotham!»
Der Kutscher sprach kein Wort, außer daß er den Wirt fürchterlich beschimpfte, weil dieser ihm keine frischen Pferde brachte. Der Anwalt im Innern der Kutsche hatte im allgemeinen seine Sinne beisammen, selbst im Schlafe; und als er die Ursache der Aufregung erfahren hatte, holte er zuerst einmal ein großes rotes Notizbuch hervor. Inzwischen hatte Dominicus Pike, der ein ungewöhnlich höflicher junger Mann war und außerdem vermutete, daß eine weibliche Zunge die Geschichte ebenso gewandt erzählen könne wie die eines Anwalts, der Dame aus der Kutsche geholfen. Sie war ein schönes, adrettes Mädchen, mittlerweile hellwach und strahlend wie die Sonne, und sie hatte einen so süßen, hübschen Mund, daß Dominicus aus ihm fast ebenso gern eine Liebesgeschichte vernommen hätte wie eine Morderzählung.
«Meine Damen und Herren», sprach der Anwalt zu den Ladenbesitzern, den Arbeitern und den Fabrikmädchen, «ich kann Ihnen versichern, daß irgendein unverantwortlicher Irrtum oder, was noch wahrscheinlicher ist, eine bewußte Unwahr-

heit, böswillig erfunden, um Mr. Higginbothams Ansehen zu schädigen, diesen einzigartigen Aufruhr verschuldet hat. Wir sind heute morgen um drei Uhr durch Kimballton gekommen und wären ganz sicher von dem Mord unterrichtet worden, falls es einen solchen gegeben hätte. Aber ich habe einen Beweis für das Gegenteil, der fast ebenso unwiderleglich ist wie Mr. Higginbothams eigene Aussage. Dieses Schriftstück hier bezieht sich auf einen Prozeß, der an den Gerichtshöfen von Connecticut anhängig ist, und es wurde mir von dem Herrn persönlich übergeben. Ich stelle fest, daß es gestern abend um zehn Uhr ausgefertigt worden ist.»

Mit diesen Worten zeigte der Anwalt auf das Datum und die Unterschrift der Mitteilung, die eindeutig bewiesen, daß der verquere Mr. Higginbotham entweder noch lebte, als er dies schrieb, oder – was manche für den wahrscheinlicheren der beiden zweifelhaften Fälle hielten – in seine weltlichen Geschäfte so angelegentlich vertieft war, daß er sich selbst nach dem Tode nicht von ihnen zu trennen vermochte. Doch ein überraschender Beweis sollte noch folgen. Nachdem die junge Dame sich die Erklärungen des Hausierers angehört hatte, nahm sie sich nur einen Augenblick Zeit, um ihr Kleid zu glätten und ihre Locken zu ordnen, und trat dann vor die Gasthaustür, um sich mit einer bescheidenen Geste Gehör zu verschaffen.

«Liebe Leute», sagte sie, «ich bin die Nichte von Mr. Higginbotham.»

Ein verwundertes Murmeln lief durch die Menge,

als man sie so rosig und strahlend dastehen sah; dieselbe unglückliche Nichte, von der man unter Berufung auf die «Parker's Falls Gazette» angenommen hatte, sie liege ohnmächtig auf der Schwelle des Todes. Einige pfiffige Burschen hatten allerdings schon immer ihre Bedenken gehabt, ob eine junge Dame über die Erhängung eines reichen alten Onkels wirklich so verzweifelt sein sollte.

«Sie sehen», fuhr Miss Higginbotham fort, «daß diese merkwürdige Geschichte völlig haltlos ist, soweit sie mich betrifft; und ich glaube, ich kann Ihnen versichern, daß dies auch für meinen lieben Onkel Higginbotham gilt. Er ist so freundlich, mir in seinem Haus ein Heim zu bieten, auch wenn ich durch meine Arbeit an einer Schule zu meinem Lebensunterhalt beitrage. Ich habe Kimballton heute morgen verlassen, um die Ferien nach der Examenswoche bei einer Freundin zu verbringen, ungefähr fünf Meilen hinter Parker's Falls. Als mein großmütiger Onkel meine Schritte auf der Treppe vernahm, rief er mich an sein Bett und schenkte mir zweieinhalb Dollar für meine Fahrkarte und einen weiteren Dollar für meine Sonderausgaben. Dann steckte er seine Brieftasche wieder unter sein Kopfkissen, reichte mir die Hand und riet mir, ich solle mir lieber ein paar Kekse einpakken, statt unterwegs zu frühstücken. Ich bin somit überzeugt, daß ich meinen geliebten Verwandten lebend verlassen habe, und ich vertraue darauf, daß ich ihn bei meiner Rückkehr genauso vorfinden werde.»

Die junge Dame machte einen Knicks am Ende

ihrer Rede, die so verständig und wohlgesetzt gewesen war und die sie mit so viel Anmut und Anstand vorgetragen hatte, daß jedermann ihr zutraute, sie könne Lehrerin an der besten Akademie des Staates werden. Ein Fremder hätte freilich zu dem Schluß kommen können, daß Mr. Higginbotham in Parker's Falls sehr verhaßt sein müsse und daß man bereits drauf und dran gewesen sei, eine Dankesfeier für seinen Mörder zu veranstalten, so maßlos war jetzt der Zorn der Bewohner, als sie ihren Irrtum einsahen. Die Arbeiter beschlossen, Dominicus Pike öffentlich zu ehren, und sie waren sich nur noch nicht darüber einig, ob sie ihn teeren und federn, auf einer Stange reiten lassen oder in den Brunnen eintauchen sollten, auf dessen höchster Spitze er sich zum Überbringer der Neuigkeit erklärt hatte. Der Magistrat sprach sich auf Anraten des Anwalts dafür aus, ihn wegen einer Ordnungswidrigkeit zu bestrafen, weil er unwahre Behauptungen verbreitet und dadurch den Frieden des Gemeinwesens gestört habe. Nichts hätte Dominicus vor der Rache der Menge oder vor einem Gerichtsverfahren retten können, wenn sich nicht die junge Dame in einem beredten Aufruf für ihn verwandt hätte. Nachdem er seiner Wohltäterin mit einigen Worten seinen tiefempfundenen Dank ausgesprochen hatte, bestieg er seinen grünen Karren und fuhr aus der Stadt hinaus, unter einem Bombardement der Schulbuben, die in den nahen Lehmgruben und Schlammlöchern genügend Munition fanden. Als er sich noch einmal umdrehte, um Mr. Higginbothams Nichte einen Abschiedsblick zuzuwerfen, traf ihn eine Kugel von der Konsistenz eines Maispuddings direkt in den Mund, was ihm ein höchst abschreckendes Aussehen verlieh. Seine ganze Gestalt war von ähnlichen schmutzigen Wurfgeschossen so besudelt, daß er beinahe umgekehrt wäre und um die angedrohte Waschung im Stadtbrunnen gebeten hätte; denn sie wäre jetzt eine Tat der Barmherzigkeit gewesen, auch wenn man sie ihm nicht aus Freundlichkeit zugedacht hatte.

Immerhin, die Sonne schien hell auf den armen Dominicus herab, und der Schmutz, dieses Sinnbild für alle Makel unverdienter Schmach, ließ sich mühelos abbürsten, sobald er getrocknet war. Da Dominicus ein lustiger Gesell war, kehrte bald wieder Fröhlichkeit in sein Herz ein, und er konnte sich ein herzhaftes Lachen nicht verkneifen, wenn er daran dachte, welchen Trubel seine Geschichte entfacht hatte. Die Flugblätter des Magistrats würden die Verhaftung sämtlicher Landstreicher im Staate zur Folge haben; der Artikel der «Parker's Falls Gazette» würde von Maine bis Florida nachgedruckt und vielleicht sogar in den Londoner Zeitungen besprochen werden; und mancher Geizhals würde um seine Geldsäcke und sein Leben zittern, wenn er von Mr. Higginbothams Mißgeschick erführe. In Gedanken beschäftigte sich der Hausierer sehr lebhaft mit den Reizen der jungen Lehrerin, und er hätte schwören können, daß selbst Daniel Webster niemals so engelhaft gesprochen und ausgesehen hatte wie Miss Higginbotham, als sie ihre Verteidigungsrede vor der zornentbrannten Bevölkerung von Parker's Falls hielt.

Dominicus war unterdessen auf der Straße nach Kimballton angelangt, denn er hatte sich seit langem vorgenommen, diesen Ort zu besuchen, obgleich ihn seine Geschäfte seit seiner Abreise aus Morristown von der direkten Route abgelenkt hatten. Als er sich dem Schauplatz des vermeintlichen Mordes näherte, erwog er noch einmal alle Umstände in seinem Geiste, und er staunte über den Aspekt, den das Ganze dabei annahm. Hätte nichts die Geschichte des ersten Wanderers erhärtet, dann könnte man sie jetzt als einen Schwindel betrachten; aber der gelbhäutige Mann kannte augenscheinlich entweder den Bericht oder die Tat, und es blieb ein Geheimnis, warum er bei seiner unverhofften Befragung ein so entsetztes und schuldbewußtes Gesicht gemacht hatte. Wenn man neben diesem merkwürdigen Zusammentreffen von Ereignissen ferner bedachte, daß das Gerücht genau zu Mr. Higginbothams Charakter und Lebensgewohnheiten paßte und daß er einen Obstgarten und einen Sankt-Michaels-Birnbaum besaß, an dem er jeden Abend vorbeikam, so schienen die Umstände so beweiskräftig zu sein, daß Dominicus bezweifelte, ob dem Schriftstück, das der Anwalt vorgezeigt hatte, oder selbst der direkten Aussage der Nichte ebensoviel Gewicht beizumessen war. Als der Hausierer unterwegs vorsichtig weitere Erkundigungen einzog, erfuhr er außerdem, daß Mr. Higginbotham einen Iren von zweifelhaftem Charakter beschäftigte, den er ohne jede Empfehlung und nur aus Gründen der Sparsamkeit angestellt hatte.

«Ich laß mich selber hängen», rief Dominicus Pike

laut aus, als er auf dem Gipfel eines einsamen Hügels angekommen war, «wenn ich glaube, daß der alte Higginbotham nicht gehängt wurde, bis ich ihn mit eigenen Augen sehe und es aus seinem eigenen Mund höre! Und da er ein ausgemachter Gauner ist, will ich mir die Sache vom Pfarrer oder von einem anderen vertrauenswürdigen Mann bestätigen lassen.»
Es begann schon zu dämmern, als er das Zollhaus am Schlagbaum von Kimballton erreichte, das ungefähr eine Viertelmeile von der Ortschaft gleichen Namens entfernt war. Seine kleine Stute hätte ihn fast gleichauf mit einem Reiter gebracht, der ein paar Schritt vor ihm durch das Tor trabte, dem Zolleinnehmer zunickte und dann in Richtung Dorf weiterritt. Dominicus war mit dem Zöllner bekannt und tauschte während des Geldwechselns mit ihm die üblichen Bemerkungen über das Wetter aus.
«Ich nehme an», sagte der Hausierer, indem er mit seiner Peitsche ausholte und sie sanft wie eine Feder auf die Flanke der Stute senkte, «Sie haben in den letzten Tagen nichts von dem alten Mr. Higginbotham gesehen?»
«Doch», erwiderte der Zolleinnehmer. «Er ist gerade eben durch das Tor gekommen, kurz bevor Sie vorgefahren sind; und da drüben reitet er jetzt, wenn Sie ihn in der Dunkelheit noch erkennen können. Er ist heute nachmittag in Woodfield gewesen, zu einer Versteigerung beim Sheriff. Der alte Mann schüttelt mir gewöhnlich die Hand und schwatzt ein bißchen mit mir, aber heute abend hat er nur genickt, als ob er sagen wollte: ‹Schreiben Sie

meinen Zoll an›, und ist davongetrabt; denn wo er sich auch immer befindet, er muß stets um acht Uhr zu Hause sein.»

«Das habe ich auch gehört», entgegnete Dominicus.

«Ich habe noch nie einen so gelben und dürren Menschen gesehen wie den alten Herrn», fuhr der Zolleinnehmer fort. «Heute abend habe ich mir gedacht, daß er eher wie ein Gespenst oder eine alte Mumie aussieht als wie ein Mensch aus Fleisch und Blut.»

Der Hausierer blickte angestrengt durch das Dämmerlicht und konnte gerade noch den Reiter erspähen, weit vor ihm auf der Straße zum Dorf. Er glaubte die Rückenpartie von Mr. Higginbotham zu erkennen; aber in den Schatten des Abends und inmitten des Staubs, den die Pferdehufe aufwirbelten, erschien der Körper undeutlich und wesenlos, als wäre die Gestalt des rätselhaften alten Mannes nur umrißhaft aus Dunkelheit und grauem Licht gebildet. Dominicus erschauerte.

«Mr. Higginbotham ist auf dem Weg über den Schlagbaum von Kimballton aus dem Jenseits zurückgekehrt», dachte er.

Er schüttelte die Zügel und fuhr weiter; er hielt sich ungefähr im gleichen Abstand hinter dem grauen alten Schattenbild, bis dieses hinter einer Biegung der Straße verschwand. Als der Hausierer bei diesem Punkt angekommen war, konnte er den Reiter nicht mehr sehen, denn er befand sich bereits am Anfang der Dorfstraße, nicht mehr weit von mehreren Läden und zwei Schenken, die sich um den Turm des Andachtshauses gruppierten. Zu seiner

Linken waren eine Steinmauer und ein Tor, die ein Waldstück begrenzten und hinter denen ein Obstgarten, ferner ein Getreidefeld und schließlich ein Haus lagen. Das waren die Grundstücke von Mr. Higginbotham, dessen Wohngebäude neben der alten Landstraße stand, aber durch den Schlagbaum von Kimballton in den Hintergrund gedrängt worden war. Dominicus kannte die Stätte, und die kleine Stute blieb instinktiv stehen, denn er war sich nicht bewußt, die Zügel angezogen zu haben. «Bei meiner Seele, ich kann an diesem Tor nicht vorüber!» sagte er zitternd. «Ich werde nie mehr ich selber sein, solange ich nicht gesehen habe, ob Mr. Higginbotham im Sankt-Michaels-Birnbaum hängt!» Er sprang vom Karren herab, schlang den Zügel um den Torpfosten und rannte über den grünen Pfad des Waldstücks, als ob der Teufel hinter ihm her wäre. In diesem Augenblick schlug die Dorfglocke acht, und bei jedem tiefen Glockenschlag machte er einen Satz und flog noch schneller dahin als zuvor, bis er den verhängnisvollen Birnbaum erblickte, der sich im öden Mittelteil des Obstgartens undeutlich abzeichnete. Ein mächtiger Ast erstreckte sich von dem knorrigen alten Stamm über den Pfad und warf den dunkelsten Schatten auf ebendiese Stelle. Doch unter dem Ast schien sich etwas zu bewegen!

Der Hausierer hatte sich niemals mehr Mut angemaßt, als dem Vertreter eines friedlichen Berufes zukommt, und er vermochte auch nicht zu sagen, woher er seine Beherztheit in dieser schrecklichen Notlage nahm. Gewiß ist jedenfalls, daß er vorstürzte, einen stämmigen Iren mit dem stumpfen Ende seiner Peitsche niederstreckte und – nein, noch nicht im Sankt-Michaels-Birnbaum hängend, sondern darunter, zitternd und mit einem Strick um den Hals – den alten Mr. Higginbotham höchstpersönlich entdeckte!

«Mr. Higginbotham», sagte Dominicus mit bebender Stimme, «Sie sind ein ehrlicher Mann, und ich nehme Sie beim Wort. Sind Sie erhängt worden oder nicht?»

Sollte das Rätsel damit noch nicht gelöst sein, so können ein paar Worte den einfachen Mechanismus erklären, der bei diesem «kommenden Ereignis» bewirkte, daß es «seinen Schatten vorauswarf». Drei Männer hatten sich zusammengetan, um Mr. Higginbotham zu berauben und zu ermorden; zwei von ihnen verloren einer nach dem anderen den Mut und flohen, und durch ihr Verschwinden verzögerte sich das Verbrechen um eine Nacht; der dritte wollte es gerade ausführen, als ein edler Streiter, der gleich den Helden der alten Sagen blindlings dem Rufe des Schicksals folgte, in Gestalt von Dominicus Pike auf der Bildfläche erschien.

Es bleibt jetzt nur noch zu berichten, daß Mr. Higginbotham dem Hausierer seine hohe Gunst schenkte, dessen Bewerbung um die hübsche Lehrerin billigte und sein ganzes Vermögen den Kindern der beiden vermachte und ihnen selber die Zinsen zukommen ließ. Zu gegebener Zeit krönte der alte Herr seine Gunsterweise dadurch, daß er einen christlichen Tod starb, und zwar im Bett;

nach diesem schmerzlichen Ereignis zog Dominicus Pike von Kimballton weg und gründete eine große Tabakmanufaktur in meiner Geburtsstadt.

Diese Geschichte war ursprünglich dramatischer, als sie sich hier dem Leser präsentiert, und bot reichlich Gelegenheit zum Nachäffen und Possenreißen; an beidem, zu meiner Schande sei's gesagt, ließ ich es nicht fehlen. Ich wußte nicht, was der «Zauber eines Namens» bedeutet, bis ich den von Mr. Higginbotham benutzte; sooft ich ihn wiederholte, gab es lautere Heiterkeitsausbrüche als bei den Stellen, die nach meiner Meinung von echterem Humor zeugten. Zum Erfolg der Darbietung trug auf unberechenbare Weise ein steifer Roßhaarzopf bei, den Little Pickle, ganz im Geiste dieses nichtsnutzigen Charakters, an meinem Kragen befestigt hatte, wo er, der Zopf, ohne mein Wissen ständig die absonderlichsten Bewegungen im Einklang mit meinen eigenen vollführte. Da das Publikum vermutete, an diesem hinten herabbaumelnden langen Schweif hänge irgendein toller Scherzartikel, freute es sich unbändig und ließ sich zu solchen Begeisterungsstürmen hinreißen, daß am Ende der Erzählung die Bänke zusammenkrachten und eine ganze Reihe meiner Bewunderer auf dem Fußboden landete. Doch selbst in dieser mißlichen Lage spendeten sie weiter Beifall. In späteren Zeiten, als ich zu einem bitteren Moralprediger geworden war, betrachtete ich diesen Zwischenfall als ein Beispiel dafür, wie sehr der Ruhm auf Humbug beruht; wie sehr er der Lohn für etwas ist, dessen sich unser besseres Ich schämen müßte; wie sehr er vom

Zufall abhängt; wie sehr er falschen Grundsätzen zuteil wird; und wie gering und armselig das ist, was dann noch übrigbleibt. Aus dem Parkett und aus den Logen erscholl nun gleichermaßen der Ruf nach dem Geschichtenerzähler.

Doch diese gefeierte Persönlichkeit zeigte sich nicht mehr, als man nach ihr rief. Beim Verlassen der Bühne hatte mir der Gastwirt, der zugleich der Postmeister war, einen Brief überreicht, der den Stempel meines Heimatdorfes trug und als Adresse meinen angenommenen Namen, in der steifen alten Handschrift von Pastor Kissenschläger. Ohne Zweifel hatte er von der wachsenden Berühmtheit des Geschichtenerzählers gehört und sogleich den Verdacht gehabt, daß dieser komische aufgehende Stern niemand anders sein könnte als sein verlorenes Mündel. Seine Epistel berührte mich sehr schmerzlich, obwohl ich sie nie gelesen habe. Es war mir, als sähe ich die puritanische Gestalt meines Vormunds zwischen dem Flitterkram des Theaters stehen, und er deutete auf die Schauspieler — auf die phantastisch aufgeputzten und weibischen Männer, die angemalten Frauen, das leichtfertige Mädchen in Knabenkleidern, allesamt eher fröhlich als züchtig —, er deutete auf sie mit feierlichem Spott und betrachtete mich mit vorwurfsvollem Ernst. Sein Bild verkörperte die strenge Pflicht, sie dagegen die Eitelkeit des Lebens.

Ich eilte mit dem Brief auf mein Zimmer und hielt ihn ungeöffnet in der Hand, während der Beifall für mein Possenspiel noch immer das Theater durchhallte. Neue Gedanken bestürmten mich. Wieder erschien der gestrenge alte Mann, doch jetzt erfüllt von der Sanftheit des Kummers, seine Autorität durch Liebe mildernd, wie es wohl einem Vater anstünde, und sogar sein ehrwürdiges Haupt senkend, als wollte er damit ausdrücken, daß meine Verfehlungen durch seine falsche Auffassung von Disziplin entschuldbar seien. Ich ging zweimal im Zimmer auf und ab, hielt dann den Brief in die Kerzenflamme und sah zu, wie er ungelesen verbrannte. Ich bin überzeugt und war es auch damals schon, daß mein Vormund mir in einem Stil väterlicher Weisheit und Liebe und Versöhnungsbereitschaft geschrieben hatte, dem ich nicht hätte widerstehen können, wenn ich es auch nur auf einen Versuch hätte ankommen lassen. Noch immer geht mir der Gedanke nach, daß ich damals meine unwiderrufliche Entscheidung zwischen gutem und bösem Geschick getroffen habe.

Nun denn, da diese Begebenheit meine Seele belastete und es mir unmöglich machte, meinen Beruf gleich anschließend wieder auszuüben, verließ ich die Stadt, trotz einer lobenden Kritik in der Zeitung und unbeeindruckt von dem großzügigen Angebot des Theaterdirektors. Als wir auf derselben Straße, aber mit so unterschiedlichen Absichten weiterwanderten, stöhnte Eliakim im Geiste, und er bemühte sich unter Tränen, mich von der Schuldhaftigkeit und Verrücktheit meines Lebens zu überzeugen.

Des Pfarrers schwarzer Schleier[1]

Der Küster stand im Eingang des Gotteshauses von Milford und zog kräftig am Glockenstrang. Gebückt schritten die alten Leute des Dorfes die Straße entlang. Kinder mit aufgeweckten Gesichtern trippelten fröhlich neben ihren Eltern oder übten sich, beeindruckt von der Würde ihrer Sonntagskleider, in einer gemesseneren Gangart. Schmucke Junggesellen guckten den hübschen Mädchen von der Seite ins Gesicht und bildeten sich ein, daß die Sabbat-Sonne sie noch schöner machte als an Wochentagen. Als die Menge zum größten Teil durch den Eingang geströmt war, begann der

[1] Noch ein neu-englischer Kirchenmann, Mr. Joseph Moody, von York, Maine, der vor acht Jahren starb, machte wegen desselben exzentrischen Einfalls von sich reden wie Ehrwürden Hooper, von dem wir hier berichten. In seinem Fall hatte das Symbol allerdings eine andere Bedeutung: Er hatte in seiner Jugend unseligerweise einen Freund getötet und verbarg von Stund an bis zu seinem Tod sein Antlitz vor den Blicken der Menschen.

Küster die Glocke zu läuten und behielt dabei die Tür von Ehrwürden Hooper im Auge. Sobald die Gestalt des Geistlichen sichtbar wurde, war das für die Glocke das Zeichen, ihr einladendes Gebimmel einzustellen.

«Aber was hat denn der gute Pfarrer Hooper da vor seinem Gesicht?» rief der Küster verwundert.

Wer in Hörweite war, drehte sich um und erblickte die Gestalt von Mr. Hooper, wie er mit seinem nachdenklichen Gang langsam auf das Gotteshaus zuschritt – und alle fuhren gleichzeitig zusammen, in heftigerem Staunen, als wenn es sich um einen fremden Geistlichen gehandelt hätte, der etwa gekommen wäre, um den Staub von Mr. Hoopers Kanzelpolsterung zu klopfen.

«Seid Ihr sicher, daß das unser Pfarrer ist?» fragte Gevatter Gray den Küster.

«Natürlich ist das der gute Mr. Hooper», erwiderte der Küster. «Er hätte eigentlich heute mit Pfarrer Shute von Westbury die Kanzel tauschen sollen; aber Pfarrer Shute ließ sich gestern entschuldigen, weil er eine Leichenpredigt halten muß.»

Der Grund für soviel Aufregung mag allerdings gering erscheinen. Mr. Hooper, ein Herr von etwa dreißig Jahren und feinen Manieren, wenn auch noch unverheiratet, war mit der gebotenen klerikalen Sorgfalt gekleidet, so, als hätte ein sorgendes Weib seinen Kragen gestärkt und den Staub der Woche von seinen Sonntagskleidern gebürstet. Nur eines war auffallend an seiner Erscheinung: rund um den Kopf gebunden, von der Stirn so tief herabhängend, daß seine Atemzüge ihn bewegten, trug Mr. Hooper einen schwarzen Schleier. Bei näherem Hinsehen erkannte man, daß dieser aus einem einfach gefalteten Stück Krepp bestand, der seine Züge völlig verdeckte und nur Mund und Kinn freiließ, Mr. Hoopers Sicht jedoch wahrscheinlich kaum behinderte, abgesehen davon, daß alle lebenden wie auch toten Gegenstände dadurch in ein düsteres Licht getaucht schienen. Diesen finsteren Schirm vor sich, schritt der gute Mr. Hooper fürbaß, mit seinem langsamen, gleichmäßigen Gang, leicht gebückt und zu Boden blickend, wie das bei zerstreuten Herren leicht vorkommt, aber freundlich jenen Pfarrkindern zunickend, die noch auf den Stufen des Gotteshauses warteten. Diese jedoch waren derart verblüfft, daß sie seinen Gruß kaum beantworteten.

«Ich kann mir einfach nicht vorstellen, daß das Gesicht hinter diesem schwarzen Krepp wirklich das unseres guten Mr. Hooper sein soll», sagte der Küster.

«Mir gefällt das nicht», brummte eine alte Frau, während sie in das Gotteshaus hineinhumpelte. «Er hat sein Gesicht versteckt und sich dadurch in etwas Fürchterliches verwandelt.»

«Unser Pfarrer ist verrückt geworden!» rief Gevatter Gray und folgte ihm über die Schwelle.

Das Gerücht, daß irgend etwas höchst Merkwürdiges passiert war, war Mr. Hooper in die Kirche vorausgeeilt und hatte die Gemeinde beunruhigt. Nur wenige brachten es fertig, ihre Köpfe nicht zur Türe zu drehen; viele standen aufrecht und voll umgewendet da; mehrere kleine Jungen waren auf die Sitze gestiegen und fielen mit lautem Krachen wieder herunter. Es gab ein allgemeines Geraune, Rascheln von Weiberkleidern, Scharren von Männerfüßen, in größtem Widerspruch zu jener ehrfürchtigen Stille, die den Einzug des Geistlichen begleiten sollte. Aber Mr. Hooper schien die Verwirrung seiner Herde nicht zu bemerken. Mit kaum hörbaren Schritten trat er ein, neigte den Kopf freundlich gegen die Bankreihen auf beiden Seiten, verbeugte sich, als er an seinem ältesten Pfarrkind vorüberschritt, einem weißhaarigen Urgroßvater, der in einem Lehnstuhl im Mittelgange saß. Dabei war es merkwürdig zu beobachten, wie langsam dieser verehrungswürdige Alte dessen gewahr wurde, daß an der Erscheinung seines Hirten irgend etwas nicht stimmte; und er schien erst dann am allgemeinen Staunen wirklich teilzunehmen, als Mr. Hooper die Stufen hinaufgestiegen war und sich auf der Kanzel zeigte, Aug in Aug mit seiner Gemeinde, wenn nicht der schwarze Schleier dazwischen gewesen wäre. Kein einziges Mal lüftete er dieses mysteriöse Zeichen. Während er aus der Heiligen Schrift vorlas, bebte der Schleier unter seinem regelmäßigen Atem, und während er betete, lag der Schleier schwer auf seinem erhobenen Gesicht – wollte er es etwa verbergen vor jenem höchsten Wesen, an das er sich jetzt wandte?

Die Wirkung dieses einfachen Fleckens Krepp war eine derartige, daß mehr als eine Frau mit schwachen Nerven sich gezwungen sah, die Kirche zu verlassen. Und doch war vielleicht die bleiche Gemeinde dem Geistlichen ein nicht weniger schrecklicher Anblick als sein schwarzer Schleier der Gemeinde.

Mr. Hooper galt als guter Prediger, wenn auch nicht als besonders feuriger; er wollte sein Volk durch sanfte Überredung für den Himmel gewinnen, statt es durch den Donner des Wortes dorthin zu jagen. Die Predigt, die er jetzt hielt, zeigte in Stil und Haltung die gleichen Züge wie seine übrigen Kanzelreden. Aber irgend etwas, sei es in der Stimmung des Vortrages selber, sei es in der Vorstellung der Zuhörer, verlieh dieser Predigt eine bei weitem mächtigere Wirkung als alles, was sie jemals von ihres Hirten Lippen gehört hatten. Noch stärker als sonst färbte heute die milde Düsternis seines Temperaments seine Worte; sie handelten von der heimlichen Sünde, von jenen traurigen Geheimnissen, die wir selbst vor denen verbergen, die uns am nächsten und teuersten sind, die wir am liebsten vor dem eigenen Gewissen verstecken möchten, vergessend, daß der Allwissende sie erkennt. Aus seinen Worten strömte eine geheimnisvolle Gewalt. Jedem einzelnen Mitglied der Gemeinde, dem unschuldigen Mädchen wie dem Mann mit dem verhärteten Herzen, kam es plötzlich so vor, als sei dieser Priester hinter seinem furchtbaren Schleier über sie gekommen und hätte ihre wohlversteckten Missetaten in Worten und Werken entdeckt. Nichts Schreckliches war in dem, was Mr. Hooper sagte; jedenfalls nichts Gewalttätiges; dennoch erbebten seine Zuhörer bei jedem Zittern in seiner melancholischen Stimme. Viele drückten die gefalteten Hände auf die Brust. Mit der Scheu Hand in Hand kam ungebeten die Ergriffenheit. Die Zuhörer spürten so deutlich das Neue, Ungewohnte an ihrem Pfarrer, daß sie nach einem Windstoß dürsteten, der den Schleier gelüftet hätte, und beinahe daran glaubten, daß sich dann das Gesicht eines Fremden darunter zeigen würde, obwohl Gestalt, Gesten und Stimme unzweifelhaft Mr. Hooper angehörten.

Nach dem Gottesdienst stürzten die Leute in unziemlicher Hast aus der Kirche, gierig, ihre aufgestaute Verwirrung mit anderen zu besprechen, und erleichtert aufatmend, sobald sie nur den schwarzen Schleier nicht mehr sahen. Manche bildeten kleine Kreise und steckten die Köpf eng zusammen, und in der Mitte drängten sich flüsternde Münder; andere gingen, in tiefes Schweigen versunken, allein nach Hause; andere wieder redeten laut und schändeten den Sabbat mit aufdringlichem Gelächter. Einige schüttelten die weisen Häupter, damit andeutend, daß sie das Geheimnis sehr wohl zu lösen vermöchten; während ein oder zwei andere behaupteten, hier gäbe es kein Geheimnis, vielmehr seien Mr. Hoopers Augen von der Nachtlampe so geschwächt, daß sie eine Blende brauchten. In der Nachhut seiner Herde kam nach einer kleinen Weile auch der gute Mr. Hooper selber. Das Gesicht von einer Gruppe zur anderen wendend, bezeugte er den weißhaarigen Häuptern die gebotene Ehrfurcht, grüßte die älteren Leute mit freundlicher Würde als ihr Freund und geistlicher Führer, grüßte die Jungen mit einer Mischung aus Würde und Liebe und legte seine Hand auf die Scheitel der kleinen Kinder, um sie zu segnen. So pflegte er es am Sabbat immer zu halten. Doch diesmal lohnten ihm merkwürdige, verstörte Blicke seine Freundlichkeit. Und keiner riß sich heute, wie sonst, um die Ehre, neben dem Pfarrer gehen zu dürfen. Der alte Squire Saunders unterließ es heute, zweifellos aus einer zufälligen Gedächtnisstörung heraus, Mr. Hooper an seinen Tisch zu bitten, wo der gute Gottesmann bisher fast jeden Sonntag seit seinem Amtsantritt das Mahl gesegnet hatte. Er kehrte daher zum Pfarrhof zurück; in dem Augenblick, da er die Tür hinter sich schließen wollte, sah man ihn noch einmal auf seine Gemeinde zurückblicken, die ihren Blick starr auf ihn geheftet hatte. Ein trauriges Lächeln schimmerte undeutlich unter dem schwarzen Schleier, huschte um seinen Mund und glomm dort weiter, bis es verschwand.

«Nein so etwas», sagte eine Dame, «daß ein einfacher schwarzer Schleier, wie ihn jede Dame auf ihrer Haube tragen könnte, auf Mr. Hoopers Gesicht zu etwas derart Furchtbarem wird!»

«Mit Mr. Hoopers Verstand muß irgend etwas nicht ganz stimmen», bemerkte ihr Gemahl, der Dorfarzt. «Aber das Merkwürdigste an dieser Überspanntheit ist ihre Wirkung, selbst auf einen so nüchternen Mann wie mich. Dieser schwarze Schleier bedeckt zwar nur das Gesicht unseres Pfarrers, aber er verwandelt seine ganze Person, macht ihn geisterhaft von Kopf bis Fuß. Empfindest du es nicht ebenso?»

«Durchaus, durchaus», antwortete die Dame, «und um alles in der Welt möchte ich nicht mit ihm allein

sein. Daß er sich denn nicht vor sich selber erschreckt!»
«Das kommt bei Männern durchaus manchmal vor», sagte ihr Gemahl.
Der nachmittägliche Gottesdienst fand unter ähnlichen Umständen statt. Als er zu Ende war, rief die Glocke zum Begräbnis einer jungen Frau. Verwandte und Freunde waren schon im Haus versammelt, entfernte Verwandte standen neben der Tür und redeten über die guten Eigenschaften der Verblichenen, als ihr Gespräch durch Mr. Hoopers Ankunft unterbrochen wurde, den noch immer sein schwarzer Schleier bedeckte. Jetzt allerdings war dieser ein passendes Zeichen. Der Pfarrer trat in den Raum, in dem die Tote aufgebahrt lag, und beugte sich über den Sarg, um seinem verstorbenen Pfarrkind ein letztes Lebewohl zu sagen. Im Niederbeugen hing der Schleier gerade von seiner Stirn herunter, so daß die Tote, wären ihre Augen nicht für immer geschlossen gewesen, sehr wohl sein Gesicht erblickt hätte. Fürchtete sich denn Mr. Hooper vor ihrem Blick, daß er den schwarzen Schleier so hastig zurückzog? Eine Person, die diesem Zwiegespräch zwischen dem Lebendigen und der Toten beiwohnte, scheute sich nicht zu behaupten, daß in dem Augenblick, da des Pfarrers Züge entblößt waren, ein leichter Schauer die Tote überlaufen hätte, daß Totenhemd und Musselinhaube knisterten, obwohl das Gesicht die Ruhe des Todes beibehielt. Einzig ein abergläubisches altes Weib war Zeuge dieses wunderbaren Vorgangs. Mr. Hooper trat vom Sarg weg in die Kammer der

Trauernden und von da auf die oberste Stufe der Treppe, um das Totengebet zu sprechen.

Das Gebet war sanft und herzzerreißend, voller Trauer, und dennoch so durchtränkt von himmlischer Hoffnung, daß hinter den traurigsten Worten des Pfarrers die Musik einer himmlischen Harfe, von den Fingern der Toten gespielt, kaum hörbar aufzurauschen schien. Die Leute erbebten, wenn sie ihn auch nur dunkel begriffen, als er darum betete, daß sie alle, er selber und alle Sterblichen, in der furchtbaren Stunde, die ihnen den Schleier vom Gesicht reißen würde, so bereit sein mögen, wie, so hoffe er, diese junge Frau bereit gewesen war. Die Sargträger gingen mit schweren Schritten voran, die Hinterbliebenen folgten, so daß die ganze Straße der Trauer verfiel, allen voran die Tote und hintennach Mr. Hooper mit seinem schwarzen Schleier.

«Warum siehst du zurück?» fragte einer in der Prozession seinen Nachbarn.

«Weil es mir eben so vorkam», antwortete er, «als gingen der Pfarrer und der Geist der jungen Frau Hand in Hand nebeneinander.»

«Mir kam es genauso vor, im gleichen Augenblick wie dir», sagte der andere.

An diesem Abend sollte das hübscheste Paar von ganz Milford getraut werden. Wenn er auch im allgemeinen als melancholisch galt, so zeigte Mr. Hooper doch bei solchen Anlässen eine gelassene Heiterkeit, die oft ein mitfühlendes Lächeln hervorrief, wo lebhaftere Fröhlichkeit nicht am Platz gewesen wäre. Keine der verschiedenen Seiten seiner Persönlichkeit machte ihn liebenswerter als diese. Die Hochzeitsgesellschaft erwartete seine Ankunft mit Ungeduld, in der festen Erwartung, daß die seltsame Furcht, die den ganzen Tag über seiner Person gehangen hatte, nun verschwunden wäre. Davon konnte allerdings keine Rede sein. Als Mr. Hooper kam, war das erste, was ihnen in die Augen fiel, eben jener grauenhafte schwarze Schleier, der das Begräbnis schon verdüstert hatte und der nun hier, bei der Hochzeit, nichts als Schlimmes verhieß. Seine Wirkung auf die Gäste war eine derartige, daß eine dämmrige Wolke unter dem schwarzen Kreppfleck aufzusteigen schien, die jetzt den Schein der Kerzen trübte. Das Hochzeitspaar stand vor dem Pfarrer. Aber die kalten Finger der Braut bebten in der zittrigen Hand des Bräutigams, und sie war so leichenblaß, daß die Leute untereinander flüsterten, das Mädchen, das vor wenigen Stunden begraben worden, sei jetzt aus dem Grab gestiegen, um zu heiraten. Wenn je eine andere Hochzeit schauriger war, dann jene bekannte, wo man das Totenglöcklein läutete. Nachdem Mr. Hooper die feierliche Handlung vollzogen hatte, hob er ein Glas Wein an seine Lippen und wünschte dem jung vermählten Paare Glück, in einem milden, scherzhaften Ton, der die Züge der Gäste hätte erheitern sollen wie der fröhliche Widerschein des Herdfeuers. Aber da fiel sein Blick auf sein eigenes Spiegelbild, und der schwarze Schleier breitete das gleiche Entsetzen über seine Seele, das auch alle anderen in seinen Bann geschlagen hatte. Durch seine Gestalt ging ein Zittern

– seine Lippen wurden weiß –, er vergoß den unberührten Wein auf den Teppich – und stürzte hinaus in die Dunkelheit. Denn auch die Erde hatte ihren schwarzen Schleier angelegt.

Am nächsten Tag redete das ganze Dorf Milford kaum von etwas anderem als von Pfarrer Hoopers schwarzem Schleier. Dieser und das Geheimnis, das sich dahinter verbarg, lieferten den Nachbarn, die sich auf der Gasse trafen, und den guten Frauen, die in ihren offenen Fenstern tratschten, Stoff für ihre Unterhaltung: das war die erste Neuigkeit, die der Wirt seinen Gästen mitteilte; die Kinder plapperten darüber auf ihrem Schulweg. Ein nachäffender kleiner Kobold bedeckte sein Gesicht mit einem alten schwarzen Taschentuch, verschreckte damit seine Spielgefährten jedoch so sehr, daß der Schrecken sich seiner selbst bemächtigte und er durch seinen mutwilligen Streich beinahe den Verstand verloren hätte.

Auffallend war, daß von all den Wichtigtuern und Aufschneidern der Pfarrgemeinde kein einziger sich mit der einfachen Frage an Mr. Hooper herantraute, warum er dies denn täte. Bis dahin hatte es ihm nie an Ratgebern ermangelt, sobald auch nur der geringste Anlaß dazu gegeben war, noch hatte er sich abgeneigt gezeigt, gutem Rate zu folgen.

Wenn er jemals fehlte, dann nur aus einem schmerzlichen Mangel an Selbstvertrauen heraus, daß auch schon der mildeste Tadel ihn dazu brachte, eine beliebige Handlung als Verbrechen anzusehen. Und obwohl alle mit dieser seiner liebenswürdigen Schwäche wohl vertraut waren, fiel es keinem einzigen unter seinen Pfarrkindern ein, ihm wegen des schwarzen Schleiers freundliche Vorhaltungen zu machen. Ein Gefühl des Grauens, das zwar nicht offen eingestanden, doch auch nicht sorgfältig geheimgehalten wurde, veranlaßte jeden von ihnen, die Verantwortung auf die anderen abzuwälzen, bis man sich schließlich darauf einigte, eine Abordnung der Gemeinde zu Mr. Hooper zu senden, die mit ihm dieses Geheimnis besprechen sollte, ehe es sich zu einem Skandal auswuchs. Niemals jedoch hatte sich eine Gesandtschaft ihrer Mission so unzulänglich entledigt. Der Pfarrer empfing sie mit freundlicher Höflichkeit, verfiel jedoch in Schweigen, sobald sie Platz genommen hatten, und überließ die schwierige Aufgabe, das wichtige Thema anzuschneiden, gänzlich seinen Besuchern. Man konnte annehmen, daß der Grund ihres Kommens ein eindeutiger war. Und da war der schwarze Schleier, rund um Mr. Hoopers Stirn gebunden, sein Gesicht völlig verhüllend, bis auf den sanften Mund, auf dem sie manchmal die Andeutung eines melancholischen Lächelns schimmern sahen. Aber ihnen kam es vor, als hinge dieses Fleckchen Krepp vor seinem Herzen, als Symbol eines furchtbaren Geheimnisses, das zwischen ihm und ihnen stand. Wenn nur der Schleier erst zur Seite geschoben wäre, so würden sie ohne Scheu darüber sprechen können, aber vorher nicht. So saßen sie eine beträchtliche Weile, sprachlos, verstört, verlegen Mr. Hoopers Blick ausweichend, den sie unsichtbar auf sich ruhen fühlten. Endlich kehrte die Abordnung beschämt zu ihren Auftraggebern zurück und verkündete, die Angelegenheit sei zu heikel, um sie anders zu klären als auf einem Kirchentag, falls man nicht überhaupt eine Generalsynode einberufen müsse.

Aber einen Menschen gab es in dem Dorf, der das Grauen, das alle anderen vor dem schwarzen Schleier empfanden, nicht teilte. Als die Abordnung ohne eine Erklärung zurückkehrte, ja ohne überhaupt versucht zu haben, eine solche zu erlangen, da beschloß sie mit der ruhigen Festigkeit ihres Charakters, jene seltsame Wolke, die sich mit jedem Augenblick finsterer um Mr. Hoopers Haupt zusammenzuziehen schien, zu verjagen. Ihr, als dem ihm versprochenen Weibe, schien es zuzustehen zu erfahren, was der schwarze Schleier verbarg. Sobald sie der Pfarrer wieder aufsuchte, schnitt sie den Gegenstand sofort an, mit einer einfachen Direktheit, die die Aufgabe ihm wie auch ihr erleichterte. Nachdem er sich gesetzt hatte, heftete sie ihren Blick fest auf den Schleier, konnte jedoch nichts von der grauenhaften Düsternis erkennen, die die Menge so in Furcht versetzt hatte: da war nichts als ein zusammengelegtes Stück Krepp, das ihm von der Stirn bis zum Mund herunterhing und sich mit seinem Atem leicht bewegte.

«Nein», sagte sie laut und lächelte, «an diesem Fleckchen Krepp ist nichts Furchtbares, abgesehen davon, daß er mir ein Gesicht verbirgt, das ich zu jeder Zeit gern sehe. Kommt, guter Herr, laßt die Sonne wieder hinter den Wolken hervortreten. Legt

zuerst Euren Schleier ab; und dann sagt mir, warum Ihr ihn angelegt habt.»
Mr. Hoopers Lächeln schimmerte schwach.
«Die Stunde wird kommen», sagte er, «wo wir alle unsere Schleier ablegen. Nehmt es mir nicht übel, geliebte Freundin, wenn ich diesen Flecken Krepp bis zu dieser Stunde trage.»
«Auch Eure Worte sind mir verborgen», antwortete die junge Dame. «Zieht wenigstens vor ihnen den Schleier weg.»
«Das werde ich, Elisabeth», sagte er, «wenigstens, soweit mein Gelübde dies zuläßt. Wisse denn, daß dieser Schleier ein Sinnbild, ein Symbol ist, das ich immer tragen muß im Licht wie in der Finsternis, allein und unter den starrenden Blicken der Menge, vor Fremden wie auch vor meinen nächsten Freunden. Kein sterbliches Auge wird mich jemals ohne diesen Schleier erblicken, sein trüber Schirm muß mich von der Welt trennen: auch du, Elisabeth, wirst niemals dahinter kommen.»
«Welch schmerzlicher Kummer hat Euch befallen?» drang Elisabeth ernsthaft in ihn, «daß Ihr so Eure Augen für immer verdunkelt?»
«Wenn es denn ein Zeichen der Trauer sein soll», antwortete Mr. Hooper, «so habe vielleicht auch ich, wie die meisten Sterblichen, dunkle Schmerzen genug, um sie in einem schwarzen Schleier zu verkörpern.»
«Doch wie, wenn die Welt nicht glauben will, daß er einen unschuldigen Schmerz verkörpert?» fragte Elisabeth. «So geliebt und geachtet Ihr auch seid, so wird es doch Gerüchte geben, daß Ihr Euer Gesicht

verbergt, weil geheime Sünden auf Eurem Gewissen lasten. Um Eures Heiligen Amtes willen, macht diesem Ärgernis ein Ende!»

Das Blut schoß ihr in die Wangen, als sie andeutete, welcher Art die Gerüchte waren, die bereits im Dorf die Runde machten. Aber Mr. Hoopers Sanftmut ließ ihn nicht im Stich. Er lächelte sogar – dasselbe traurige Lächeln, das immer wieder erschien und wie ein schwacher Lichtschimmer aus der Finsternis unter dem Schleier hervortrat.

«Wenn ich mein Gesicht aus Schmerz bedecke, so ist das Grund genug», war alles, was er darauf antwortete, «und wenn ich es wegen geheimer Sünde verberge, welcher Sterbliche hätte nicht Ursache, es mir nachzutun?»

Und diesen sanften, aber unnachgiebigen Widerstand setzte er all ihren Beschwörungen entgegen. Endlich schwieg Elisabeth. Einige Augenblicke lang schien sie in Gedanken verloren, überlegend, vielleicht, was sie nun für neue Methoden anwenden sollte, um ihren Liebsten aus dieser dunklen Einbildung zu reißen, die, wenn sie nichts anderes bedeutete, vielleicht das Anzeichen einer geistigen Erkrankung war. Und obwohl ihr Charakter von größerer Festigkeit war als der seine, rollten ihr jetzt doch die Tränen die Wangen herab. Aber gleichsam im Nu trat ein neues Gefühl an die Stelle der Trauer: ihre Augen hefteten sich immer fester auf den schwarzen Schleier, während, wie der plötzliche Einbruch der Dämmerung, seine Schauer auf sie herabfielen. Sie erhob sich und blieb zitternd vor ihm stehen.

«So fühlst auch du es jetzt endlich?» fragte er voller Trauer.
Sie gab keine Antwort, sondern bedeckte die Augen mit den Händen und wandte sich, um das Zimmer zu verlassen. Er stürzte ihr nach und faßte sie am Arm.
«Hab Geduld mit mir, Elisabeth!» rief er leidenschaftlich. «Verlaß mich nicht, wenn auch dieser Schleier hier auf Erden immer zwischen uns sein muß. Sei mein, und im Jenseits wird kein Schleier über meinem Gesicht sein und keine Finsternis zwischen unseren Seelen! Der Schleier ist nur sterblich – er ist nicht für die Ewigkeit! Oh! Du weißt nicht, wie einsam ich bin und wie ich mich davor fürchte, hinter meinem schwarzen Schleier allein zu sein. Laß mich nicht für immer in dieser verzweifelten Finsternis!»
«Lüfte den Schleier ein einziges Mal, und sieh mir ins Gesicht», sagte sie.
«Nie! Es kann nicht sein!» antwortete Mr. Hooper.
«So leb denn wohl!» sagte Elisabeth.
Sie entwand ihren Arm seinem Griff und zog sich langsam zurück, blieb an der Tür stehen und warf einen langen, schaudernden Blick auf ihn, der beinahe hinter das Geheimnis des schwarzen Schleiers zu dringen schien. Aber Mr. Hooper mußte selbst in seinem Schmerze darüber lächeln, daß nichts als ein stoffliches Symbol sich zwischen ihn und das Glück gestellt hatte – wenn auch die Schrecken, die sein Schatten warf, dunkel selbst zwischen den innigst Liebenden hängen mußten. Von da an wurden keine Versuche mehr unternom-

men, Mr. Hoopers schwarzen Schleier zu entfernen oder durch eine direkte Frage herauszufinden, welches Geheimnis er verbergen sollte. Diejenigen, die sich über die Vorurteile des Volkes erhaben dünkten, hielten das Ganze einfach für eine ausgefallene Marotte, wie sie sich öfter unter die vernünftigen Handlungen von sonst besonnenen Männern drängt und auch diese mit dem eigenen wahnwitzigen Aussehen ansteckt. Der Menge jedoch galt Mr. Hooper ein für allemal als Schreckgespenst. Er konnte nicht einmal in Frieden auf der Straße gehen, weil ihm ständig schmerzlich bewußt war, daß die Sanften und Schüchternen sich abwandten, um ihm nicht zu begegnen, während andere sich viel auf den Mut zugute hielten, mit dem sie sich ihm in den Weg warfen. Die Aufdringlichkeit der letzteren Gruppe zwang ihn, seinen gewohnten Spaziergang, der ihn bei Sonnenuntergang zum Friedhof führte, aufzugeben; denn wenn er nachdenklich am Tor lehnte, dann tauchten immer wieder Gesichter hinter den Grabsteinen hervor und starrten auf seinen schwarzen Schleier. Die Leute munkelten, daß der starre Blick der Toten ihn von dort vertrieb. Es schmerzte ihn bis in die Tiefen seines guten Herzens, wenn er sah, wie die Kinder vor ihm flohen, wie sie mitten im fröhlichsten Spiel aufhörten, wenn seine melancholische Gestalt noch weit entfernt war. Ihre instinktive Angst ließ ihn stärker noch als alles andere fühlen, daß in die Fäden des schwarzen Schleiers ein übernatürlicher Schrecken gewoben war, wie alle wußten, so groß, daß er niemals freiwilig an einem

Spiegel vorbeiging noch sich über eine reglose Quelle zum Trinken beugte, damit er nicht in ihrem friedlichen Schoß vor sich selber erschrecke. Das wiederum verlieh jenen Gerüchten einige Glaubwürdigkeit, die behaupteten, daß Mr. Hooper unter den fürchterlichsten Gewissensbissen wegen irgendeines ungeheuren Verbrechens litt, das zu grauenvoll sei, um völlig verborgen zu bleiben, das aber auch nicht anders angedeutet werden konnte, als auf diese undurchsichtige Art. Auf diese Weise rollte hinter dem schwarzen Schleier eine Wolke hervor ins Licht der Sonne, eine zwiespältige Mischung aus Trauer und Sünde, die den armen Pfarrer so einhüllte, daß weder Liebe noch Mitgefühl ihn mehr erreichten. Es hieß, daß Geister und Teufel mit ihm dort Umgang pflogen. Vor sich selber schaudernd, voll äußerer Zeichen des Schreckens, ging er immer im Schatten, tastete sich vorwärts in der Dunkelheit der eigenen Seele oder sandte seine Blicke durch ein Medium, das die ganze Welt bestürzte. Selbst der gesetzlose Wind, so hieß es, ehrte sein furchtbares Geheimnis und blies kein einziges Mal den Schleier zur Seite. Und noch immer lächelte der gute Mr. Hooper über die bleichen Gesicher der weltlich gesinnten Menge, wenn er an ihr vorüberging.

Unter allen diesen schlechten Wirkungen hatte der schwarze Schleier aber auch eine, die sehr wünschenswert war: er machte nämlich aus seinem Träger einen ausgezeichneten Geistlichen. Wegen dieses geheimnisvollen Symbols – ein anderer Grund ließ sich nicht erkennen – gewann er eine furchteinflößende Macht über jene Seelen, die wegen ihrer Sünden Todesqualen litten. Die Leute, die er zum Glauben geführt hatte, empfanden eine ganz besondere Furcht vor ihm, und sie behaupteten, daß sie sozusagen bildlich gesprochen mit ihm hinter dem schwarzen Schleier gewesen seien, bevor er sie ins himmlische Licht geführt hätte. Seine Düsternis verlieh ihm in der Tat die Fähigkeit mitzufühlen mit allen dunklen Neigungen. Sterbende Sünder riefen laut nach Mr. Hooper und hauchten ihren Atem nicht aus, bevor er kam; wenn er sich aber über sie beugte, um ihnen Trost zuzuflüstern, dann schauderten alle vor dem verschleierten Gesicht, das dem ihren nahe war. So stark waren die Schrecken des schwarzen Schleiers selbst dann noch, wenn schon der Tod sein Antlitz zeigte! Fremde kamen von weither, um dem Gottesdienst in der Kirche beizuwohnen, und zwar allein aus dem müßigen Grunde, weil sie eine Gestalt anstarren wollten, deren Gesicht zu sehen verboten war. Aber viele lernten das Fürchten, bevor sie gingen! Einmal, es war unter der Regierung von Gouverneur Belcher, fiel es Mr. Hooper zu, die Wahlpredigt zu halten. Von seinem schwarzen Schleier verhüllt, stand er vor dem obersten Beamten, dem Rat und den Volksvertretern und machte auf alle einen so tiefen Eindruck, daß die gesetzgeberischen Maßnahmen in diesem Jahr sich samt und sonders durch die Gottesfurcht und Düsternis unserer frühesten Anfänge auszeichneten. Auf diese Weise brachte Mr. Hooper ein langes Leben hinter sich, nach außen hin ohne jeden

Tadel, doch gehüllt in finstere Verdächtigungen; gütig und liebevoll, doch ungeliebt, und unklar gefürchtet; ein Mensch außerhalb der Gemeinschaft der Menschen, gemieden im Glück, um Beistand gebeten nur in der Todesangst. Die Jahre vergingen, der Schnee vieler Winter war über seinem finsteren Schleier zerflossen, er hatte sich einen Namen gemacht unter den Frommen Neu-Englands, und man nannte ihn jetzt Vater Hooper. Fast alle seine Pfarrkinder, die bei seinem Amtsantritt bereits erwachsen gewesen waren, hatte der Tod hinweggerafft; die eine, kleinere, Gemeinde saß jetzt in der Kirche, die andere, größere, lag auf dem Kirchhof; und da er so tief hinein in den Abend gewirkt und geschaffen und sein Werk so wohl getan hatte, war es nun an ihm, dem guten Vater Hooper, selber zur Ruhe zu gehen.

Im abgeschirmten Kerzenlicht in der Totenkammer des alten Geistlichen waren mehrere Personen zu erkennen. Verwandte hatte er keine. Aber da war der würdevolle, ernste, wenn auch unbewegte Arzt, der nur darauf bedacht war, die letzten Qualen eines Patienten zu lindern, den er nicht mehr retten konnte. Da waren die Diakone sowie andere durch ihre Frömmigkeit ausgezeichnete Mitglieder der Gemeinde. Da war auch Ehrwürden Mr. Clark von Westbury, ein junger, begeisterter Gottesmann, der hastig herbeigeritten war, um am Bett des sterbenden Pfarrers zu beten. Da war die Krankenwärterin, keine gemietete Magd des Todes, sondern eine, deren stille Zuneigung so lange ausgehalten hatte, im Verborgenen, in der Einsamkeit, in den Kälteschauern des Alters, und die selbst in der Stunde des Todes nicht zurückwich. Wer sonst als Elisabeth! Und da lag das greise Haupt des guten Vaters Hooper auf dem Totenkissen, den schwarzen Schleier noch immer um die Stirn gebunden und sein Gesicht bedeckend, so daß die schwachen Atemzüge, die immer mühseliger wurden, ihn bewegten. Das ganze Leben lang hatte dieser Flecken Krepp zwischen ihm und der Welt gehangen, hatte ihn getrennt von heiterer Brüderlichkeit und weiblicher Liebe, hatte ihn im traurigsten aller Gefängnisse festgehalten, in seinem eigenen Herzen; und noch immer lag er auf seinem Gesicht, gleichsam um die trübe Kammer in noch tiefere Düsternis zu tauchen, ein Schirm vor dem Sonnenlicht der Ewigkeit.

Schon seit einer Weile hatte sein Geist sich verwirrt, unsicher zwischen Gegenwart und Vergangenheit schwankend, von Zeit zu Zeit vorausspringend in den Nebel des Jenseits. Fieberanfälle warfen ihn von einer Seite auf die andere und zehrten am letzten Rest seiner Kraft. Aber auch im konvulsivischen Anfall, in den wildesten Abirrungen seines Geistes, wenn kein anderer Gedanke mehr dessen vernünftige Einwirkung zeigte, verließ ihn niemals die heftige Sorge, der Schleier möge zur Seite gleiten. Und hätte seine verwirrte Seele ihn vergessen, so stand ein treues Weib neben seinem Kissen, das mit abgewandten Augen das gealterte Gesicht, das sie zuletzt in der Anmut der Mannesjahre gesehen, wieder bedeckt hätte. Endlich lag der vom Tod gezeichnete alte Mann ruhig da, in der Erstar-

rung der geistigen und körperlichen Erschöpfung, der Atem wurde schwächer und schwächer, nur hin und wieder ertönte ein langes, tiefes Atemholen, das dem Abschied der Seele vorauszugehen schien. Jetzt trat der Pfarrer von Westbury ans Bett heran. «Ehrwürdiger Vater Hooper», sagte er, «der Augenblick Eurer Erlösung ist gekommen. Seid Ihr bereit, den Schleier zu lüften, der die Zeit von der Ewigkeit trennt?»
Zunächst antwortete Vater Hooper nur mit einer schwachen Bewegung des Kopfes; dann jedoch, vielleicht aus Sorge, man könne ihn mißverstehen, raffte er sich auf zu sprechen.
«Ja», sagte er mit matter Stimme, «meine müde Seele wartet in Geduld, daß der Schleier sich hebt.»
«Und ziemt es sich denn», fuhr Ehrwürden Clark fort, «daß ein Mann, der so sehr im Gebet gelebt, der ein so makelloses Beispiel gegeben, der heilig war in Gedanken und Werken, soweit ein menschliches Urteil darüber erlaubt ist; ziemt es sich denn, daß ein Vater der Kirche einen Schatten auf seinem Andenken zurückläßt, der ein sonst so reines Leben verdunkelt? Ich bitte Euch, ehrwürdiger Bruder, laßt das nicht zu! Erlaubt, daß wir uns an Eurem triumphierenden Antlitz erfreuen, wie Ihr Eurem gerechten Lohn entgegengeht! Bevor der Schleier der Ewigkeit fällt, laßt mich diesen schwarzen Schleier von Eurem Gesicht ziehen!»
Und mit diesen Worten beugte sich Ehrwürden Clark vor, um das Geheimnis so vieler Jahre zu entschleiern. Doch mit einer jähen Kraftanstrengung, die alle Zuschauer aufs höchste bestürzte,

fuhren Vater Hoopers Hände unter der Bettdecke hervor und preßten sich fest auf den Schleier, zum Kampfe entschlossen, sollte der Pfarrer von Westbury ihn mit einem Sterbenden aufnehmen wollen.
«Niemals!» schrie der verschleierte Pfarrer. «Auf Erden niemals!»
«Finsterer alter Mann!» rief der erschrockene Kollege. «Mit welch furchtbarem Verbrechen auf Eurer Seele tretet Ihr jetzt vor Euren Richter?»
Vater Hoopers Atem ging schwer, rasselte in seiner Kehle; aber mit einer ungeheuren Anstrengung streckte er seine Hände nach dem Leben aus und hielt es zurück, um noch einmal zu sprechen. Er richtete sich sogar im Bette auf; und da saß er, fröstelnd in den rund um ihn geschlungenen Armen des Todes, während der schwarze Schleier herabhing, furchtbar, in diesem letzten Augenblick, in den gesammelten Schrecken eines ganzen Lebens. Und doch schien das schwache, traurige Lächeln, das so oft auf seinem Mund gelegen, wieder aus der Finsternis hervorzuschimmern und um Vater Hoopers Lippen zu spielen.
«Warum zittert Ihr vor mir allein?» rief er und drehte das verschleierte Gesicht von einem bleichen Zuschauer zum anderen. «Zittert auch vor einander! Sind die Männer mir ausgewichen, zeigten die Frauen kein Erbarmen, flohen die Kinder mich schreiend, alles nur wegen des schwarzen Schleiers? Was sonst als das Geheimnis, das er dunkel verkörpert, hat diesen Flecken Krepp so furchtbar gemacht? Wenn der Freund dem Freunde sein innerstes Herz zeigt; der Geliebte der Geliebten;

wenn der Mensch nicht mehr eitel zurückweicht vor dem Auge des Schöpfers, ekelhaft das Geheimnis seiner Sünde hütend; dann nennt mich ein Ungeheuer, dieses Sinnbildes wegen, unter dem ich lebe und sterbe! Doch ich blicke um mich, und siehe! auf jedem Gesicht liegt ein schwarzer Schleier!»
Während seine Zuhörer in gegenseitigem Entsetzen voreinander zurückfuhren, fiel Vater Hooper auf sein Kissen zurück, ein verschleierter Leichnam, um die Lippen ein schwaches Lächeln. Verschleiert legten sie ihn in den Sarg, und als verschleierten Leichnam legten sie ihn ins Grab. Das Gras vieler Jahre ist über dem Grab gewachsen und wieder verdorrt, der Grabstein von Moos überwachsen, das Antlitz des guten Mr. Hooper zu Staub zerfallen; doch furchtbar ist noch immer die Vorstellung, daß es unter dem schwarzen Schleier modert.

Inhaltsverzeichnis

Vorwort von Jorge Luis Borges	7
Wakefield	11
Das große Steingesicht	28
Das Brandopfer der Erde	62
Mr. Higginbothams Katastrophe	96
Des Pfarrers schwarzer Schleier	120